夫婦で不埒な関係はじめました

Nozomi & Ryosuke

藍川せりか

Serika Aikawa

EB

エタニティ文庫

目次

夫婦で不埒な関係はじめました

プロローグ

都心から少し離れている場所にあるワンルームマンション。就職して田舎から東京に出てきた際、右も左も分からないところに不動産屋からこのマンションを勧められ、住人のほとんどが女性と聞いて即決した。

最先端を行くようなマンションではないけれど、デザイナーもオーナーも女性ということもあって全体的に可愛く、外観は白で統一されていて清潔感がある。

駅近で、利便性もいいからとても気に入っていた。だから私——藤ケ谷希美は、五年間ずっとここに住んでいる。

「ただいま〜」

真っ暗な部屋に入って照明のスイッチを押すと、朝に見たままの景色が広がった。ベビーピンクとホワイトで揃えた部屋のインテリアは、我ながら女子力が高いと思う。こういう可愛い部屋に住みたくて、ネットで調べてひとつずつ揃えていったのだ。

そして完成したのが、今の部屋。誰に見せるわけでもないけど、自分は満足している。

部屋の中に入って、廊下を歩きながらストッキングを脱いで洗濯機に放り込む。部屋着に着替え、コンタクトを外して眼鏡をかけると、髪をほどいてリラックスした状態になった。

「はぁー、今日も疲れた」

洗面所で手を洗ったあと、冷蔵庫から昨日のうちに作り置きしておいたおかずとサラダを取り出す。そして炭酸水をグラスに注いだら、それらをトレーに載せて、リビングへ向かった。

リビングの真ん中にある木製のテーブルの上に食事を並べて、ご飯を食べ始める。バラエティー番組を見てケラケラ笑いながら食事をして、そのあと九時から始まるドラマを見つつ洗濯物を干す。それが終わったら後片付けをして、冷蔵庫の中のもので簡単な作り置きおかずを作っておく。

「さて、お風呂に入ろっと」

浴槽に浸かって半身浴をしながら防水のタブレット端末でネット配信の番組を見たり、本を読んだり、リラックスタイムを過ごす。いい香りのボディソープを使って入念に体を洗い、美容院で買ったシャンプーとコンディショナーで髪を洗う。

お風呂から上がって、セミロングの髪にトリートメントをしてうるおいを補給したら、お気に入りのシリーズのスキンケア用品で顔と体をお手入れしてベッドに入るのだ。

そして、眠る前に毎回思うのは――

「この生活、最高ーっ!!」

ひとりの時間を謳歌できるこの環境。仕事帰りに英会話やヨガに通えるし、友人と食事に行くこともできる。休日は何時まで寝ていても文句を言われないし、好きな時間に起きてひとりで買い物に行って、たまにエステに行ってみたりして。外見だけでなく中身を磨くことも大事だ。いろいろなことを勉強して、洗練された都会の女性になるべく自分磨きに精を出す。その努力も全部自分のため。

ああ、私、自分の人生を生きてる――そう実感できる瞬間だ。

この生活にたどり着くまでには、長い道のりがあった。そしてある人のおかげでもたらされているものだと、その人物に感謝しなければならない。

この誰にも縛られない悠々自適な時間は、結婚をしたからこそ手に入れたもの。そう、私はひとり暮らしをしているにもかかわらず、既婚者なのだ。

結婚したものの一緒に住んでいない。形だけの結婚で、お互い必要なときにだけ夫婦のふりをする――そんな偽装結婚をしている。

夫とは関係が良好だが恋愛感情はない。

そんな二人にはルールがある。

必要なときだけ連絡を取る。

それぞれ別の生計を立てていて、生活スタイルは独身のときと変えない。

恋愛は自由。

もしどちらかがこの婚姻関係を不要だと思った場合は、離婚を切り出すことができる。

その場合、提案された側は、異議を申し立てず受け入れること。

そんな条件を交わして、半年前、私は夫――藤ケ谷涼介さんと結婚した。

1

――ことの始まりは半年前。私が鈴村希美だったころ。

メールを知らせる枕元のスマホを手に取ると、まだ朝五時だった。こんな時間に連絡をしてくるのは、母しかいない。


東北地方で酪農業を営む鈴村家は五時に起床して、まだ暗い時間から牛舎に向かい掃除を始める。それが終わったら餌をあげて、牛たちの体調に変わりがないかチェック。

それから家族で朝食をとって、一休みしてから搾乳をする。

うちの家はそんな一日の始まりだったことを、覚醒しきっていない頭で思い出す。

『おはよう、希美。来月お誕生日ね。約束覚えてる？』

その文面を見て、一気に目が覚めた。

母は私が就職をして東京に行くことを強く反対していた。

地元の中学、高校、大学へ進学し、両親に望まれる生き方をしてきた。礼儀正しく慎ましく、決して派手にせず、家庭的な女性になるよう教え込まれてきた。

けれどそんな生活が嫌で、就職活動が始まると家族に内緒で東京に本社がある大手企業ばかり面接を受ける。就職で家を離れるとなれば、頭の固い両親だって納得するはず。

その結果、私は健康食品や医療施設向けの体組成計等を製造・販売している、グレハティ株式会社に就職することができた。

晴れて家を出ることになったものの、母からひとつ条件を提示された。

自由にしていいのは五年だけ。二十八歳の誕生日を過ぎたら、実家に帰ってくること。その際、両親が見つけてきた男性と結婚するか、母が納得するような真っ当(まとう)で安定した職業に就いている男性を自分で見つけて結婚するか、どちらかを選ぶこと。

その条件を呑めるのなら、家を出てもいい——そう言われたのだ。

とにかく家を出たかった私は、母の出す条件を受け入れた。条件なんて言っているけれど、五年も経てばうやむやになるかもしれないし、今とは違う状況になっているはず。都会に出て仕事をしているうちに、素敵な人と巡り合える可能性だってある。そして母の望み通り、結婚しているかもしれない。

そんな未来に胸を膨らませて家を出て、初めて手にした自由。住んでいるマンションはオシャレで、駅近で利便性がよくて、近くにコンビニがあって、夜になってもいつまでも町が明るい。

誰にも監視されることなく、時間を自由に使える。いつ出かけても文句を言われないし、門限もない。夢見ていた生活そのものだ。

そして仕事は、一生懸命打ち込んでいくうちに責任のある仕事を任されるようになり、自分の企画したものを商品化することもできた。仕事にやりがいを感じ、自分で稼いだお金で、好きな洋服を買って、美味しいものを食べて。欲しい知識を得るために、たくさんの場所に足を運んで、有意義に時間を使える。

自立した生活を送れる幸せ。そんな毎日がずっと続くのだと思っていたのに……

就職して丸五年経つ今年の四月から、母からのメールが頻繁に来るようになった。

『もうすぐゴールデンウイークだけど、帰ってくるの？』

『いい人はできた？』

『あなたの誕生日の六月までよ。分かってる？』

もしかしてうやむやになるかも、なんて甘かった。母はずっとこのときを待っていたのだ。壁にかかっているカレンダーを見て、今日が五月二十日であることを確認し、頭を抱える。

私の誕生日は六月二十日。

タイムリミットはあと一ヵ月。彼氏いない歴＝年齢の私に、残りの一ヵ月で結婚相手が見つかるような奇跡など起こるはずがない。

「あああ……終わりだ」

終わりの始まりだと絶望した私は、布団を頭まで被っていつもの起床時刻までふて寝した。

今日は月曜日。週頭の早朝にあんなメールを送ってこられて、気分は最悪だ。

母からのメールを無視してこのまま働き続けたらどうだろう？　ああ、だめだ。そんなことをしたら会社まで乗り込んでくるに違いない。そして今すぐ仕事をやめろと言うだろう。

会社勤めをしたことがない母にビジネスマナーなど通用するわけないし、強制送還させられてゲームオーバーになるだけだ。

そうなるくらいなら、ちゃんと一ヵ月前に退職願を提出して会社を去るほうがいい。

一緒に働いてきたメンバーに迷惑をかけられない。今まで自分が受け持っていたものを全て引き継いでから去るのが義理だ。

「はぁ」と深いため息をついて、オフィスビルのエントランスに入る。首から下げた社員証をセキュリティ端末にかざしてゲートを通る。

ライトグレーのセットアップスーツに、インナーは白のフリルブラウス。動きやすさを重視している私は、パンツスーツを好んで着ている。髪はすっきり見えるようにひとつに纏(まと)めて、毛先に女性らしさが出るようにふんわりと巻いてあった。

日焼けするとすぐに赤くなってしまう白い肌と、濃いアイシャドーを使うと派手になりすぎる目。

鼻は平凡で、唇は顔のパーツで唯一好きなところ。薄すぎず厚すぎない感じで、いろんなリップを塗って楽しんでいる。

昔はほぼスッピンであか抜けていなかったけれど、今は違う。ちゃんとメイクをして年相応に見られるようになってきた。もうすぐ二十八歳になるし、若いだけが取り柄(とりえ)じゃない、ちゃんとした大人の女性に見られるように心がけている。

こんなに外見に気を使っても、浮いた話のひとつもないなんて……ちょっと悲しくなってきた。

「おはようございます」

「おはよう」

私の所属するＷＥＢ開発部のフロアに入ると、後輩の西野真琴(にしのまこと)が近づいてきた。

「希美さん、今日はＧＡＧＡＤＯの社長とお約束の日ですよね？」

「ＧＡＧＡＤＯの社長……ああ、藤ヶ谷さんね。そうだね、十時からアポを取ってるけど。それがどうしたの？」

「ああー、いいなぁ……。藤ヶ谷さんと一緒にお仕事できるなんて、羨ましすぎます……」

開口一番何を言い出すのかと思いきや、藤ヶ谷さんの話かと呆れる。

ＧＡＧＡＤＯとは、動画サイトをいくつも運営する、今をときめくＩＴ企業、ＧＡＧＡＤＯ・ＪＡＰＡＮ株式会社のことだ。

ＧＡＧＡＤＯの社長である藤ヶ谷涼介は二十代前半に会社を立ち上げ、ＷＥＢコンテンツをいくつも開発して、人気アプリを作り出した人物。

さらに料理動画にいち早く目をつけ、料理レシピや健康管理ができるようなものを制作し、もともと健康管理を得意とするうちの会社の監修を受けて、爆発的な人気アプリを作り出した。

当時はグレハティにとっても、体脂肪計や体組成計と連動させてスマホで管理できるものが欲しかった時期だったし、世間で料理レシピが話題になっていたタイミングだった。

動画サイトやアプリの運営に定評のあるＧＡＧＡＤＯと共に人気アプリを作り出せたことは、大きな収益となった。

グレハティの製品も前年を超える売り上げを叩き出し、今もまだ右肩上がりだ。

私は半年ほど前からアプリ担当になり、GAGADOと毎月ミーティングを行っている。GAGADO側の制作チームと、藤ヶ谷社長、それからうちの健康管理部と私とでその月に掲載するレシピ動画の打ち合わせをするのだ。

「まぁ……確かに、藤ヶ谷さんは素敵な人だと思う。でも私たちみたいな普通のOLは相手にしないんじゃないかな。もっとこう……モデルとか、芸能人とか相手にしてそうじゃない？」

藤ヶ谷涼介と言ったら、セレブ特集で名が挙がるくらいの有名人。フルオーダーらしき仕立てのいいスーツに身を包み、インテリジェントな雰囲気を放ち、一目見ただけで腰が砕けてしまいそうなほどのいい男感がある。

セットされた艶のある黒髪も、きりっと男らしい目元も、高い鼻も、形のいい唇も、申し分ないほど完璧に配置されている上に、百八十センチの長身。俳優になれるんじゃないかと思うほどの端整な顔立ちをしている。

しかも群を抜いて仕事ができるハイスペックな男性だ。

仕事に対して一切手を抜かない。面倒なことでも妥協せず自ら先頭に立ってやる。この人ともっと一緒にいいものを作りたいと思わせるようなカリスマ性もある。

だからそんな魅力的な人には、すでにそのレベルの女性が傍にいると思うのだけど。

「ですよね……激しく同意です。でも、藤ヶ谷社長に誘われたら……遊びでもいいから一晩過ごしたいです」

「こらこら、朝から何を言ってるの。西野さん、彼氏いるでしょ。しかもうちの会社に」

「はは、そうでした～」

西野さんは、ぺろっと舌を出して笑う。西野さんは、別部署の男性社員と付き合っている。それなのに藤ヶ谷さんに誘われたらついて行っちゃうなんて、けしからん。でも、そういうおちゃめなところが彼女の魅力だ。

恋愛に縁遠い私だって、社内恋愛に憧(あこが)れていた時期もある。残念ながら、五年勤めているのに一度もそんなことは起きなかったけど。

「とにかく、写真撮れたら撮ってきてくださいね」

「そんなの、撮れるわけないでしょ。もう」

悪びれることなく、割と本気でそんなことを言って西野さんは離れていった。

それから私は、十時からの約束までにやるべき仕事を片付け、同行するメンバーと会社を出た。ＧＡＧＡＤＯのオフィスに到着したころ、バッグに入れていたスマホが震えていることに気がついた。

母からだ。

そのまま無視しておこうと思ったが、一度コールが鳴り終わったあと、すぐまた着信が来たのでメンバーから少し離れて出ることにした。

「もしもし？」

『希美、やっと出た。朝のメールも返信ないし、何かあったのかと心配したのよ』

「ごめん、ごめん。急いでいて返信できなかっただけだよ。それより、何？　急ぎの用事でもあった？」

何度も電話をかけてくるくらいだから、何か大事な用件があるのかと聞いてみる。しかし私の心配は杞憂だった。

『で、約束の日が近づいているけど、分かってる？　どうせ結婚できるような相手いないんでしょ？　早くこっちに帰ってきてちょうだい』

もう二十八歳なのよ、と話は続いていく。

母の価値観は古い。最近では三十歳を過ぎてから結婚する人も多いし、二十代は自分のやりたいことをして、結婚なんてまだまだ先だと感じるような世代だ。けれど、母の感覚でいくと二十八歳は、もう結婚適齢期を逃していて、早く子どもを産まなければならない年齢らしい。

仕事を辞めて結婚して専業主婦になる。女性は家庭を守り子育てする。親の介護は子どもがする。こういったものを全てするのが子どもの務めだと決めつけているところがある。

話が不穏な方向に向かっている気がして、嫌な予感が胸を過る。いつもならこの辺で話が終わるのに、今日は全然止まる気配がなく、次から次へと話が続いていく。

『お母さんね、希美の結婚相手見つけてあるから安心していいわよ』

「え……？　どういうこと？」

母の爆弾発言を聞いて、頭がクラクラする。私に何の断りもなく結婚相手を見つけるなんて、一体どういうこと？

相変わらず強引だと呆れ返る。

『小、中学校が同じだった、福山卓也くんって覚えてる？　彼ね、今、地元で役所勤めをしている、真面目で立派な人なの。希美と結婚してもいいって言ってくれているのよ』

福山卓也……？

フルネームを聞いてピンとこなかったけれど、しばらくして記憶の彼方にヒットする人物が思い浮かんだ。確か瓶底眼鏡をかけて大人しい雰囲気の男の子だったような気がする。

あまり接点がなかったため、仲良くしていた記憶はないけれど……なぜ結婚話が出るのだろう？

「いやいやいや……お母さん、ちょっと待って。私……」

『待たないわ。うちを出るとき、約束したでしょう？　あなたに五年猶予をあげただけでも、お母さんは譲歩したつもりよ。いつまでも好き放題してはいけないわ』
ぴしゃりと話を遮られる。確かにこの五年間は、自分の好きなように過ごして独身生活を謳歌してきた。

ここまで育ててもらった恩があるし、いつまでも両親を心配させてはいけないことも理解できる。だからって私の人生なのに、両親の言いなりになるのは何か違う気がする。

『とにかく、来月までだからね。七月にはこちらに帰ってくるように』

返事をしていないにもかかわらず、話は終了し電話を切られてしまった。ホーム画面に戻ったスマホを眺めて深いため息を漏らす。

「鈴村さん、もう時間ですよ」

電話を終えて茫然としている私に、同行メンバーのひとりが声をかけてきた。落ち込んでいる場合ではない。今から大事な打ち合わせが始まるのだから集中しないと。

「はい、すぐ行きます」

スマホをバッグにしまい込み、私はオフィスの中へ向かって歩き出した。

定例ミーティングでは、来月のレシピ動画の内容を決める。そしてユーザーからの意見を取り入れたアプリの更新をお願いするのだ。

それとは別に、うちから腕時計型のウェアラブルコンピューター——いわゆるスマートウォッチを発売するにあたっての性能の説明などを二時間にわたって詰めていく。

制作チームが話を進める中、藤ヶ谷社長も意見を出す。

「スマートウォッチの性能で血圧や心拍数を管理できるのであれば、ユーザーの血圧の異常値を感知した場合に警告し、体調の変化に気づけるようにしたいです。その際、服用や医療機関への受診を促す、緊急時には周囲に知らせるなどの機能があれば、なおいいと思うんですが、その辺り、御社はどのようにお考えですか？」

「確かに、せっかくユーザーの体調を管理できるのであれば、危険を知らせる機能があったほうがいいかもしれませんね」

「そうです。この手の商品を持ちたいと思うユーザーは、健康への意識が高いですし、自身の健康状態に細心の注意を払っていると思います。なので、危険を知らせる機能が搭載されているほうが、より購買意欲が高まるかと」

ただの健康器具の延長線になるのではなく、医療機器に近いクオリティにしたいと言う。

以降の藤ヶ谷さんの発言はどれも鋭い指摘ばかりで、「そうきたか」と納得するものだった。

さすが藤ヶ谷社長。着眼点が他の人とは違う。成功者とはこういう物の考え方をするのだと感心させられるし、知識も豊富だ。数字にもシビアで、ちゃんとした裏付けと共に、どうすれば利益が出るのかまで全て説明してくれる。

「こういう方向でいきたいと思いますが、皆さんはいかがでしょうか？」

彼は一通り述べたあと、周囲に意見を求めた。自分の意見を押し通そうとせず、それぞれの考えを聞いてくれる。そういうところも、器の大きさを感じさせる。

「藤ヶ谷社長のご意見にはいつも驚かされます。敬服いたしました、さすがです」

うちの社員が、彼のすごさに心酔してため息を漏らす。

「いえいえ、もともとは御社の製品じゃないですか。素晴らしいアイデアで作り上げられたものを、よりいいものにしたくて熱くなってしまいました」

ははは、と照れて笑う姿も素敵だ。

「今ご提案させていただいたところを組み込んでくだされば、もっと素晴らしいものになると確信しています。ぜひ、お願いします」

その強気な姿勢に圧倒されるのと同時に、尊敬の念が湧いてくる。この人と一緒に仕事ができたら、もっと新しい世界が見られるような気がする。

でも——その藤ヶ谷社長とも、もうお別れかと思うと寂しくなってしまう。

無意識に彼のほうを見ていると、顔を上げた藤ヶ谷さんと目が合う。にこっと微笑みかけられて思わず赤面してしまった。

わ、わわ……！　なに、あの素敵なスマイルは。美男子の微笑みがこんなにも胸に刺さるなんて知らなかった。挨拶程度に微笑まれただけなのに、心臓の音がうるさく鳴る。

藤ヶ谷社長が、女性からの人気が高いことも納得できる。藤ヶ谷社長に微笑みかけられたなんて、西野さんに知られたら怒られそうだ。

ミーティングが終わると、うちの健康管理部のメンバーは次のアポが間に合わないので急ぐと言って出ていった。私はこのあとの予定はないので、ひとりで片付けをする。

すると藤ヶ谷さんがこちらに向かって歩いてきた。

「鈴村さん、このあとご予定は?」

「特にありませんが……いかがされましたか?」

「もしよければ、一緒にランチでもいかがですか? 鈴村さんともう少しお話ししたくて」

まさか藤ヶ谷さんに誘ってもらえるなんて思っていなくて驚いた。仕事の話をもっとしたいのだと思い、急いで首を縦に振る。

「はい、行きます。お誘いありがとうございます」

仕事熱心な人だ。ランチミーティングをしようと思うくらい、うちのアプリに関心を持ってくれているということなのだろう。グレハティとしてもGAGADOの力は必要不可欠なので、この関係を大切にしなければならない。

なのだけど……ランチミーティングなので向こうの制作チームも一緒かと思っていた

のに、レストランに案内されたのは私ひとりだった。

「あの……他の方は……？」

「ふたりきりですよ」

ええ……っ、ふたりきりなの？

まさかそんなことになるとは思わず、気軽に返事してしまったけどよかったのだろうか。

連れて来られたのは、ビルの最上階に入っている高級なフレンチレストラン。ドレスコードがありそうな場所だけど、スーツだからセーフだろう。

男性と接する機会が少ないから、こんな素敵な男性とふたりきりで食事なんて緊張してしまう。失礼なことをしてしまわないよう気を引き締めなければ。

「さ、座って」

「失礼します」

案内された席は、窓際の半個室。窓からは東京の街並みが一望できる、とても開放的でいい席だ。

「鈴村さんは、何か食べられないものはありますか？」

「大丈夫です。苦手なものはありません」

「そうですか」

　藤ヶ谷さんはおすすめのものをオーダーし、緊張している私に気を使わせないように配慮してくれた。

　ああ、もう。どこまでスマートなんだろう。女性の扱いも、話も上手。レストランの華やかさに負けないくらいの色気があって絵になる。

「鈴村さんと一緒にお仕事をするようになって、半年ほど経ちますね。いつも食事に誘いたいなと思っていたんですけど、皆さんと一緒なのでなかなかチャンスがなくて」

　お世辞でも、そんなふうに言われたら胸が跳ねる。思わず顔が緩（ゆる）んでしまいそうになって少し俯（うつむ）く。

「僕、鈴村さんの仕事に対する姿勢が好きなんです。周りに対して何を求められているのか、先回りして考えて動いていますよね。それから、こちらの要求にすぐ応（こた）えられるように抜かりなく準備している。なかなかここまでできる人はいませんよ」

「いやいや……。藤ヶ谷さんは、私のことを過大評価なさっています」

　以前アプリで、ある一定のスマホの機種に対してバグが生じたことがあった。その報告をした際、詳細を述べると共に、その機種を準備していた。社内ではそこまでしなくてもいいのではという声もあったが、藤ヶ谷さんはきっと自分の目ですぐ確かめたいだろうと思ったので持っていくことにしたのだ。

　それ以外にも、彼が指摘しそうなものを予測して、ある程度準備してミーティングに臨んでいたので、きっとそれを評価してくれたのだろう。

「そんなことない。鈴村さんはとても優秀な方だ。うちの会社に来てほしいくらいです」

「そんな……」

「まぁ、懇意にしていただいているグレハティの社員さんをヘッドハンティングなんてしたら、関係が悪化してしまうので、実際にはできませんが。でも、鈴村さんが欲しいのは本当ですよ」

その色気溢れる声で「欲しい」なんて言われたら、舞い上がってしまいそうになる。あまりの刺激的な状況に胸の鼓動がバクバクとうるさい。

こんなにドキドキさせられるなんて初めての体験だ。

恥ずかしさで縮こまっていると、前菜が運ばれてきた。顔を上げると、藤ヶ谷さんがにこっと微笑みかけてくる。

「食べましょうか」

「はい」

こんなにお淑やかになるなんて、いつもの私じゃないみたい。男性の同僚と食事をしても、照れることなんてないのに。

「そうだ。来年、新しいＳＮＳを発表することになりそうなんです。サンプルが出来上がったら、すぐにお見せします。というか、やはりこれも鈴村さんが開発チームに入ってくれたらな……なんて思ってしまうんですよね」

そんなことはできないと分かりつつも、GAGADOに来てほしいと思っていることが伝わってくる。こうして必要とされていることが純粋に嬉しい。

けれど来年のことを考えたとき、きっとここにはいないだろうと想像して気分が沈む。

「ありがとうございます。ぜひ見せていただきたいですが……私、来月で退職するかもしれないんです」

「え？　どうしてですか？」

藤ヶ谷さんはナイフとフォークを持ったまま、固まってしまった。眉間に皺（しわ）を寄せて、その理由を話してほしいとじっと見つめられる。

「両親に実家に戻って来いと言われていまして……」

「ご両親に何かあったんですか？」

両親が病気で看病しないといけないだとか、そういうことを想像したようで、藤ヶ谷さんは心配そうな表情を浮かべる。

「そうじゃないんです。私の実家は少し変わっていまして……」

「それは、どういう……？」

一瞬躊躇（ためら）うものの、藤ヶ谷さんから「理由を聞きたい」とストレートに言われ、話を続けた。

「私の実家は、すごく田舎にあるんです。山の奥で、家と家との間も、すごーく離れている感じの。コンビニなんかないし、スーパーだってない。食材は移動販売のおじさんが車で売りに来るときに買う、みたいな場所です」

藤ヶ谷さんはお皿の上にナイフとフォークを置いて、静かに私の話に耳を傾けている。

「悪いところじゃないんです。自然が溢れていてのどかだし、そういう人里離れた田舎が好きって方もいると思います。でも私は都会に憧れがあって、一度でいいから住んでみたかった。家を出られる理由は就職しかなくて、東京に本社がある会社を受けました。それで受かったのがグレハティでした」

それでも両親は猛反対。山奥の田舎に住んでいる世間知らずの年頃の娘が、都会でひとり暮らしなんて危険だと。悪い人にそそのかされて転落していくのではないかと心配された。

「でも大手に就職できたし、今まで一生懸命勉強してきたのも、このためなんだって説得しました。そして折れた両親は、条件を出しました」

自由にしていいのは五年だけ。二十八歳の誕生日を過ぎたら、実家に帰ってくること。その際、両親が見つけてきた男性と結婚するか、母の納得するような職業に就いている男性と結婚するかのどちらかを選択しなければならないのだと藤ヶ谷さんに話した。

「それで……帰るんですか？」

「はい。結婚できるような相手も見つかりませんでしたし、約束の五年が終わります。これ以上私の我儘（わがまま）を押し通して両親を心配させるわけにはいきません」

本当はこのまま東京にいたい。今携（たずさ）わっている仕事も最後まで見届けたいし、これからやりたいこともたくさんあった。それを諦めて帰ってしまうのは惜しい。

「五年もあれば、結婚を意識できるような男性に出会えると思ったんですけど……ダメでした。そんなことだろうと予測していたようで、親は勝手に許婚（いいなずけ）を見繕（みつくろ）っていました。さすが親です、私のことをよく分かっていますね」

重くなった空気を和（なご）ませるように笑ってみせるけれど、藤ヶ谷さんは全く笑ってくれない。むしろ難しい顔をしたまま、何かを考えているようだ。

「鈴村さんは、気になる人や、好きな人はいないんですか？」

「いませんね……。そもそも、私、男性のことがよく分からなくて」

「よく分からないとは？」

今まで男性と深く付き合ったことがないこともちろんだが、男性の不可解な行動を目にするたび、理解に苦しむことがあった。

「例えば……友人の彼氏が浮気をしていたという話を聞いたとします。どうして彼女がいるのに浮気をするんでしょうか？　まぁ……女性側がすることもあるでしょうが、圧倒的に男性の浮気の話が多い気がします。それから——」

仕事上の付き合いがある他社の執行役員の方がいた。その男性は五十代くらいの既婚者のおじさまだったのだが、なんとその人に交際を申し込まれたのだ。

「どうして奥さんや子どもがいるのに、私と交際しようと言えたのでしょうか？　理解できません。どういう思考でそうなったのか……答えが見つからないんです。それから——」

大学時代には、いいなと思う男の子にいじわるをされたり、一緒に遊ぼうと約束していたのに、直前になって男友達と遊ぶからとドタキャンされたりした。

私と付き合ってもいないのに、体の関係を結んだと嘘をつかれたこともあるし、謎な行動ばかりだ。

「だんだん男性のことが分からなくなってしまって……。最近は別次元の生き物なんだなって割り切っています。だから好きになれないのかもしれません」

数々のエピソードを聞いた藤ヶ谷さんは、真顔で何かを考え込んでいるようだ。こんな話を聞かされて気分を害したかもしれない。

「すみません。こんな話つまらないですよね……」

「……鈴村さん、いい考えがあるんですが」

「はい。何でしょうか？」

何か打開策が閃(ひらめ)いたのかな、と返事をする。すると、藤ヶ谷さんは真剣な面持(おもも)ちでじっと私を見つめた。

「僕と結婚しませんか?」

「………は?」

「すぐに結婚しましょう」

いやいやいやいやいや……っ。真面目な顔をして、急に一体何を言い出すの！

目が点になってしまって、返事ができない。

「僕のこの行動も不可解に見えるでしょうが、その理由は今からお話しします」

「は、はい……」

突拍子もなく結婚の話が出てきて、これまた男性の不可解な行動を目の当たりにして驚いた。けれど、藤ヶ谷さんはこれから理由をちゃんと話してくれるというので、まずはそれを聞こう。

「僕も今年で三十歳になります。そろそろ身を固めたいと思うようになってきました。それと、鈴村さんの家ほどではありませんが、親から結婚はまだなのかと言われるようになってきたんですよね」

どこの家も同じなんだなと心中を察する。藤ヶ谷さんのご両親も、いつまでも仕事ばかりしている息子を心配し、いい人はいないのかと心配して聞いてくるらしい。

「別に焦るような年齢ではありませんが、両親は早く結婚して落ち着くことを望んでいるようです」

「藤ヶ谷さんなら、引く手あまたなんじゃないですか？」

高学歴で仕事で成功を収めているだけでなく、見た目も完璧。非の打ち所がない人だから、素敵な女性が寄ってくるに違いない。わざわざ私を指名しなくても、相手に不自由していないと思うけれど。

「引く手あまた……。はは、そんなふうに見えますか？」

「はい。とても素敵ですし、てっきり恋人がいらっしゃるのかと」

「いえいえ。確かにお付き合いしている人がいた時期もありました。しかし仕事が忙しいと、どうしても後回しになる。そうすると相手の方とのバランスが崩れてしまって……うまくいかない」

藤ヶ谷さんのことが好きゆえに、もっと会いたい、もっと構ってほしいと怒ってくるという。それ以外にも、ＧＡＧＡＤＯの社長という肩書に惹かれてお付き合いを迫られることも多いそう。

「肩書やお金目当てで近づいてくる人も結構いるんですよ。しかもこちらの都合や気持ちなどを考えずに、強引な手で迫られる。そんな女性を寄せ付けないようにするのに手を焼いているんです」

「へぇ……。そうなんですか」

世の中にはハニートラップを仕掛けたり、当たって砕けろ精神でガンガンと攻めてきたりする女性がいるらしい。きっと、その女性たちもそれなりのスペックで、藤ヶ谷さんに選んでもらえる自信があるがゆえの行動だろう。

「僕の仕事の邪魔になるだとか、突然押しかけてきて迷惑だとか考えない人がいて。あいうのを見ていると、本当に疲れる」

トラブルにならないよう配慮してはいるが、それでもそういう人が何人もいるものだから困り果てているらしい。モテる人だけが知る悩みだと感心する。

「だから、結婚をしてしまえば、そういう女性たちを牽制することができる。僕にとってもメリットは大きいんです」

「いや……でも……さすがに私と藤ヶ谷さんでは、釣り合わなくないですか?」

眉目秀麗な藤ヶ谷さんの隣に一般人丸出しの私。ずば抜けて美人ってわけでもないし、すぐれた才智があるわけでもない。どう見ても訳アリで結婚したとバレてしまうような、不釣り合いなふたりだ。

「そんなことないですよ。鈴村さんこそ、僕のことを過大評価しすぎです。そんなに崇めたてないでくださいよ。僕は、そこら辺にいる男と同じですから」

「いやいやいや……そんなことはないでしょう」

清潔感があって、俳優さんにも負けないくらいの麗しい容姿をしている藤ヶ谷さんが、その辺りにいる男性と同じわけがない。

セレブ特集でテレビに出ているとき、華やかな芸能人の傍にいても全く見劣りしないのだから。

「とにかく、僕にとっても結婚はメリットが大きいんです。ただ籍を入れるだけでいいし、夫婦生活を共にしなくていい。お互いに今住んでいる場所に住みながら、必要なときだけ夫婦の役割を果たす――というのはどうでしょう？」

「必要なとき……だけ？」

「そう」

例えば、社長夫人として参加しなければならない場面や、友人との集まりで妻として紹介されるときに一緒に行くだけでいい。冠婚葬祭や、実家に帰省するときを含めても、一ヵ月に一度あるかないかくらいの頻度だという。

「そのとき以外は、お互いに自由にしていていいんです。連絡だって密に取らなくていい」

「自由……」

その言葉にぐらりと揺れそうになる。とはいえ、何度も顔を合わせてはいるものの、プライベートをあまりよく知らない相手と結婚だなんてあり得ない展開だ。

しかしきちんとした職業に就いている藤ヶ谷さんと結婚すれば、両親は納得してくれるに違いない。

その上、今まで通りの生活を送っていいと言われている。これって予想を上回る好条件ではないだろうか。

「だから、僕と結婚してください。鈴村さんとなら、いいパートナーになれると思うんです」

まっすぐに見つめられて、一瞬息をするのを忘れる。

思わず「はい」と言ってしまいそうになったところで、理性を奮い立たせてブレーキをかけた。こんなにいい条件で、こちら側に何もデメリットがないなんてことがあるんだろうか。

ただより高いものはないということわざがあるくらいだから、何か重大な秘密が隠されているかもしれない。

ここは一旦冷静になって相手を見極めないと。

「申し訳ございません。とてもいいお話ですが、即決できかねます」

「鈴村さん……」

「親身に聞いてくださって、ありがとうございました。ご提案いただけただけで幸せです」

偽りの夫婦であったとしても、誰もが憧れる藤ケ谷さんに結婚を申し込まれただけで、一生分の運を使い果たした気がする。それくらい尊い出来事だった。

感謝の気持ちを込めて、深々と頭を下げる。

「僕は本気です。前向きに検討をお願いします」

顔を上げて彼の顔を見ると、再びまっすぐに見つめ返されてしまった。戸惑うあまり返事をしなかったものの、「また連絡します」と言い切られてその日は別れた。

「本気なのかな……」

帰社途中の電車の中、「僕と結婚しませんか?」と言われたときのことを思い出し、顔から火を噴きそうになる。心のこもったプロポーズをするみたいな真剣さで、全部投げ捨てて捧げてしまいそうになるほどの凄みがあった。

あんなふうに男性から迫られたのは、初めての経験だった。

「格好よすぎた……。はぁ……」

それだけで充分だ。これ以上何を望むというのだろう。東京土産としては、とてもいいものをもらった。もう思い残すことはないと思っていたのだが――


その数日後。

残業を終えて会社の外に出ると、遠くから男性が駆け寄ってきた。

「す……すっ、鈴村希美さんですよね?」

「……は、はい」

百六十センチの私と同じくらいの身長で、ふくよかな体形をしている男性。肌は白く、口の周りは青い髭のあとが見える。指紋で汚れた眼鏡をしていて、一重の瞳が揺れながらこちらを見ていた。

汗をかいているのか、少しウェッティな前髪を鬱陶しそうに押さえながら、私のほうに大きく一歩近づいてきた。

「僕、福山卓也です。……あなたの許婚の」

名乗られて、母からの話が頭に思い浮かんだ。私のためにいい人を見つけたと言っていたが、それが今日の前にいる男性のことなのか。

「い、許婚って……それは、親が勝手に言っているだけで……」

「僕はそれでいいと承諾しています。あとはあなたが地元に帰ってくるだけですよ」

薄ら笑いを浮かべる不気味な男性に怯んでしまう。この人が私の結婚相手だなんて、にわかに信じられない。というか、信じたくない。

「どうしてここにいらっしゃるんですか？」

「ええと、東京で研修がありまして、それでこちらに来た次第であります。もしよければ、希美さんの家に泊めていただこうかと」

「ええ……っ」

それに関しては、うちの両親の承諾を得ていると胸を張って言われてしまった。

「お断りします。男性を家にあげたことなどありませんし、急に言われても困ります！」

「いいじゃないですか。僕たちは結婚する仲でしょう。順番が逆になっても問題はないかと」

何の順番だ、と怒りそうになる。天地がひっくり返っても、この人とそういうことをするつもりはない。彼が私の手に触れようとしたので、さっと腕を引っ込めた。

「今日のところは突然だったので、予約しているホテルに行くことにします。しばらくこちらにいますので、心の準備ができたら呼んでください」

そう言って、彼は自分の電話番号が書かれたメモを手渡してきた。連絡などしないので受け取らないでおこうと思ったのに、すでに私の番号は母から聞いて把握していると言われてしまった。

「じゃあ、また。今夜、メールを送りますね。おやすみなさい」

嬉しそうに手を振って去っていくのを見送ったものの、顔の引き攣りが収まらない。

何なの、今のは……

突然現れて、結婚する気満々じゃない。しかもいやらしい想像をしていますと言わんばかりに、体を上から下まで舐めるように見ていた。

あの人が私の将来の夫……。そう考えるだけで寒気がする。

とはいえ、外見だけで決めるのはよくない。母が選んだ人だから、尊敬できるような素晴らしい人なのかもしれないと考えてみたものの――

その夜以降、彼からメールがじゃんじゃん入ってくるようになった。私の返事がなくても気にしていないようで、自分語りが延々と続く。

彼は昆虫が大好きで、あらゆる虫の生態を調べるのが趣味らしい。休みのときは、日本に生息していない昆虫を海外まで見に行ったり、東京でしか開催されない昆虫展に足を運んだりと忙しく過ごしているという。

その上、その写真を何枚もメールで送ってくるのだ。綺麗なものもあれば、グロテスクな形状の虫もいて、メールが届くたびに恐怖心が煽られる。

「もう、やだ……」

一日に何回も送られてくるメールのせいで、ノイローゼになってしまいそう。仕事中、スマホの電源を落としてデスクに頭を突っ伏した。

相手に自分のことを知ってもらうのは、とても大事なことだと思う。これから夫婦になって一生付き合っていくのなら、なおのこと。それは理解するけれど、内容がヘビーすぎてついていけない。

しかも、困るのは返事だ。マニアックな昆虫の話がほとんどで、こちらとしては全く興味がないのに、相手をないがしろにすることもできず、当たり障りのない返事をする。

そうすると、興味を持ってくれていると勘違いされて話が止まらなくなっていくという、負のスパイラルに巻き込まれるのだ。

「どうすればいいの……」

しかもそれだけではない。福山くんとメールのやり取りをしているうちに、いくつか昔のことを思い出した。

それは中学時代のこと。ある日、私の体操服が一枚紛失してしまった。友達が間違って持って帰ってしまったのかと思っていたが、一向に出てこない。道端で落とすなんてことも考えにくいし、誰かに盗まれたのではないかとクラス中がザワついた。

そうして犯人が見つからないまま数ヵ月経過したころ、福山くんのお母さんがうちを訪ねてきた。

紛失していた私の体操服が彼の部屋から出てきたのだそう。彼の持ち物に紛れ込んでいただけだと説明されたが、わざと持って帰ったのではないかと疑った。手元に返ってきたものの、気味が悪いのでその後使用していない。

女子の体操服を持ち帰って何がしたかったんだろう？　もしかして女装したかった……？

そうだ、福山くんは、女装趣味があるのかもしれない。昆虫マニアの女装趣味。なかなかハードな人だと頭を悩ませる。

結婚する前から性格の不一致、価値観の違いを感じている状態で、いい夫婦関係を築けるとは思えない。

彼のことを全て知り尽くしているわけではないし、全否定するつもりはないが、スタートラインの状態でこれだけ大きい不安があるのだ。

「はぁ……」

今月もあと数日で終わる。

月末までに退職願を提出しないと、来月いっぱいで退職するのが難しくなってしまう。

でも私……このまま福山くんと結婚できる？　うまくいかなそうな相手と結婚して、この先何十年も一緒に過ごせるのだろうか。今まで生きてきた以上の年月を彼と過ごしていく未来が想像できない。

どうすればいいのだろうと頭を悩ませていると、デスクの上に置いてある固定電話の内線コールが鳴った。

「……はい、鈴村です」

『GAGADO・JAPANの藤ヶ谷さまがお見えです。お通ししてよろしいですか？』

受付からの電話で、現実に引き戻された。藤ヶ谷さんと特に約束はないのに、どうしてうちの会社に来たのだろう。不思議に思いながら、通してもらうように伝える。

オフィスフロアの近くにあるエレベーターの前で待っていると、扉が開き、藤ヶ谷さんが降りてきた。

「すみません、約束の時間より早く着いてしまいました」

「約束……？」

今日は藤ヶ谷さんと約束はしていなかったはず。思い当たる節がなくて考え込んでいると、藤ヶ谷さんが話を続けた。

「一時間ほど前に、電話を入れて伝言を頼んでいたのですが……もしかして伝わっていませんでした？」

私が離席しているときにアポを取っていたらしい。

そうだよね、藤ヶ谷さんが連絡もなしに突然来訪するわけない。電話を受けた者が私に伝えるのを忘れていたのだろう。

「伝達ミスで申し訳ございません」

「いえいえ、こちらこそ急だったので申し訳ありません。用件は先日いただいていたアプリの更新のことです。メールだと伝わりにくいので、直接お話ししようと思って」

「そうだったんですか。どうぞこちらへ」

ふたりでミーティングルームに入り、さっそく仕事の話に入る。資料に目を通しつつ、実機を見ながら問題が改善されたアプリを触らせてもらった。

こちらの希望通りに変更されていて、問題なくスムーズに使えるようになっていた。

——突然来られたから、結婚の話の続きなのかと思って緊張したけど……ちゃんと仕事の内容だった。私ってば、何を考えているんだか。

勤務中にプライベートな話をされるわけがない。相手はGAGADOの社長だし、忙しい人だ。分単位でスケジュールをこなしている方が、わざわざそんな理由で訪ねてこないだろう。

それにあの日、即決しなかったので、もうなかったことになっているのかもしれない。ちょっとがっかりしている自分がいて、困ってしまう。余計なことは考えないようにしようと、気持ちを切り替えて仕事モードに戻る。

「早急に対応をしていただき、ありがとうございます」

「いえいえ。それに鈴村さんの顔も見たかったので」

「え……」

にこっと微笑みかけられて、藤ヶ谷さんとの結婚話がまだ進行中であることを察した。もうその話はされないと思っていたから、つい頬を熱くしてしまった。

「あれ？　いい反応。喜んでもらえました？」

「い、いいえ！　そんな、別に、私は……！」

「はは、冗談です。大事な用件がもうひとつ。先日の話について、追加でお伝えしておきたいことがあるんです。でもここでは難しいので、このあと一緒に食事に行きませんか？」

福山くんのことで悩んでいたあとだからか、藤ヶ谷さんが輝いて見える。この人は救いの手を差し伸べてくれる神様なのかもしれない。

「はい、分かりました」

「よかった。じゃあ、仕事が終わったら連絡ください」

どこまでもスマートで、好感度が上昇していく。こちら側が重く感じないようにさり気なく、でも男らしく押してくるところが格好いい。こんなことをされては、女性は本気になってしまう。

だから藤ヶ谷さんの周りには、どうにかして彼と付き合いたいと願う女性が後を絶たないのだ。

用件を済ませた彼を見送り、遠くなっていく背中にぽつりとつぶやく。

「罪な人だ……」

藤ヶ谷さんの悩みごとに真実味は感じられたので、彼は彼なりに本当に悩んでいるのかもしれない。そうなれば、私たちの利害は一致している。

お互いに自由でいたい、誰からも束縛されたくない、結婚しなさいと言われるのが嫌だ――それらを回避するために偽装の結婚をする。結婚をしたあとも別居のままで、必要なときだけ一緒にいる。

実家に強制送還させられることもないし、福山くんと結婚しなくていい。今の仕事も続けられる。

考えれば考えるほど、これって最高の条件じゃない。

今夜話し合って、最終決断を下そう。定時まであと二時間。早急に仕事を片付けて彼のもとへ急いだ。

待ち合わせは、オフィスビルから少し離れたお店の前。約束の時刻までまだ余裕はあるけれど、待たせてはいけないと足早に歩く。信号待ちで足を止めたところで、誰かに肩を掴(つか)まれた。

「お疲れさま、希美さん」

「福山くん！」

どうしてこんなときに現れるかな、と顔を引(ひ)き攣(つ)らせる。

「今日は出張最後の夜なんです。明日の朝一で向こうに帰るつもりです」

「そうなんですか。気をつけて帰ってください」

早々に話を断ち切って藤ヶ谷さんのもとに向かいたいのに、彼は話を続ける。

「今日を逃せば、しばらく会えなくなる。だから今夜は一緒に過ごしましょう。僕たち、お互いをもっと知るべきです」

「え、ええ……っ⁉」

福山くんに手首を掴まれて、逆方向に引っ張られる。彼は信号待ちをしている人たちをかき分けて、ぐいぐいと私を引っ張ったまま歩き始めた。

「ちょっと待ってください。私、今から約束をしていて……」

「僕とは今日しか時間がないんですよ。優先してください」

「でも！　あちらが先約ですから」

振り払おうとしても、男性の力には敵わない。福山くんは一見大人しそうに見えるのに、強引なところが見え隠れしている。それがすごく怖くて何をされるか分からない不安が胸を過る。

「今日、何度かメールしたのに、無視しましたね？　忙しかったんですか？」

腕を掴んでいる手に力が籠り、怒っていることが伝わってきた。

「はい。仕事中に何度もスマホを触れません、から……」

「そうですか。真面目なんですね。でもこれからは、まめにチェックしてください。旦那からの連絡は最優先事項ですよ」

この人が旦那になるなんて、絶対に嫌だと思った瞬間だった。社会人なら、仕事中にすぐに返事できないことくらい理解できるはずだ。なのにそれを許さないなんて……

振り解こうとしても、彼の手から逃げられない。手首を掴んでいる彼の手は、強く力を込めているようで痛くてたまらない。

このままどこかに連れて行かれるのではないかと怯えていると、福山くんの手首を誰かが掴んだ。

「すみません、彼女を離してください」

「な、何なんですか、あなた……」

福山くんと私の間に入ってくれたのは、藤ヶ谷さんだった。待ち合わせの付近だったので、私に気づいてくれたのだろう。

毅然とした態度で、福山くんに私の手を離すように促す。藤ヶ谷さんが強く手首を掴んでいるのだろう、福山くんは渋々私の手を離した。

「藤ヶ谷さん……！」

「大丈夫？」

「は、はい……」

手を掴まれただけで、それ以上のことはされていないけれど、すごく怖かった。見れば、先程まで掴まれていた場所がうっ血して色が変わっていた。それを隠すように反対の手で覆う。

福山くんは突然現れた藤ヶ谷さんに嫌悪感を抱いているようで、敵意を向けた視線を送ってくる。

「あなたは何なんですか？　希美さんと僕の仲を邪魔するなんて」

「俺は彼女の婚約者です。あなたは？」

「僕は希美さんの許婚（いいなずけ）です。婚約者って……一体何なんですか！」

先日藤ヶ谷さんに、親に決められた相手と結婚させられそうだと伝えていたので、この人がそうなのかと察してくれたらしい。藤ヶ谷さんは私を守るために、婚約者だと言ってくれたのだ。

私も藤ヶ谷さんに乗っかって演技をしよう。それなら、この場をうまく切り抜けられるような気がする。

「福山くん、ごめんなさい。私、この人と結婚したいの。あなたとは結婚できません」

「なんで……っ。僕はあなたの両親が認めた許婚（いいなずけ）なんですよ？　絶対に僕と結婚するべきだ」

大声を上げてヒステリックになる福山くんが怖くて、藤ヶ谷さんの体にしがみつく。

「申し訳ないが、俺たちは愛し合っているんです。離れるなんて考えられない」

「希美さん、嘘でしょう？　嘘だと言って……！」

私と藤ヶ谷さんは隙間のないほど体を密着させ、愛し合う恋人のように振る舞う。

「ごめんなさい。私……藤ヶ谷さんとじゃなきゃ嫌なんです。彼と結婚したい」

「そんな……」

人目も気にせず福山くんがへにゃりと地面に座り込む。ぶつぶつと何かを言いながら、ショックを受けているようだったが、藤ヶ谷さんは今がチャンスだとアイコンタクトを送ってきた。

「じゃあ、俺たちは失礼します」

再び逆上したら長引きそうなので、藤ヶ谷さんは私の手を引いてその場を離れた。

ここまで来ればもう大丈夫だろうというところで足を止める。藤ヶ谷さんが来てくれなかったら、どうなっていたことだろう。

「ほんっとうにありがとうございました！」

藤ヶ谷さんに深々と頭を下げる。すごく怖かった。不安でいっぱいだった。だけど、藤ヶ谷さんが来てくれて本当によかった。

「あの人が鈴村さんの結婚相手だったんですね。あんな危ない人と結婚なんて……怖かったでしょう」

「藤ヶ谷さんがすぐに来てくれたから平気でした」

掴まれていた手首の痛みがまだ引かない。青紫に変色してしまったところを見ただけで、さっきの恐怖が蘇る。泣きそうになるのを堪えて、気にしていないように振る舞う。だけど、福山くんはもういないから大丈夫だと思うのに、体の震えが止まらない。鎮まれと言い聞かせても、全然収まらない。でもそれに気づかれたくなくて笑顔で誤魔化した。

「我慢しないでください。あんなふうにされて怖くないはずがない。おいで」

切なそうな表情を浮かべ、藤ヶ谷さんは私の体を引き寄せる。大きくて温かな体で私を包み、大きな手で頭を撫でてくれる。もう大丈夫だよ、と言い聞かせるようにぎゅっと強く抱き締められた。

「もっと早く見つけていれば、こんなことにならなかったですよね。すみません」

「藤ヶ谷さんは……悪くないです」

ああ、だめだ。こんなふうに優しくされたら、涙が堪（こら）えられなくなる。ぽろぽろと涙が零（こぼ）れて、彼のスーツに染み込んでいく。それが申し訳ないと思うのに、彼のぬくもりが心地よくて離れられない。

「もう大丈夫ですよ」

「……はい」

今まで感じたことがないような安心感。男の人に守ってもらうなんて初めてだけど、こんなにも安心できる。この人の傍にいれば大丈夫なんだと心から信頼できる。

私……この人となら……

顔を上げると藤ヶ谷さんと視線がぶつかる。涙を流している私に気がつき、彼はそっと手で拭（ぬぐ）ってくれた。

「私……藤ヶ谷さんと結婚したいです。藤ヶ谷さんのいいパートナーになってみせます。だから……」

お互いの利害を一致させるための夫婦。お互いに干渉しない、必要なときだけパートナーとして振る舞う。

「結婚の話、お受けします」

「よかった。じゃあ、きちんと契約書を作りましょう。お互いに納得できるベストな条件で、婚姻契約を結ばないと」

「はい」

藤ヶ谷さんは私を福山くんから守ってくれた。そして私の望む生活を送るため、籍を入れてくれる。それってすごいことだ。

だったら私も……。彼の求めているクオリティの高いプロ妻として完璧に応(こた)えてみせる。それが私の責務。

こうして私たちはそれぞれの条件を承諾して、結婚することになった。

2

そうして、私は藤ヶ谷希美になった。

結婚を決めたあとすぐにお互いの両親に挨拶をして、結婚を認めてもらえた。申し分のない相手を連れてきたと、うちの母は大喜び。福山くんとの結婚話は、少し揉めたらしいが口約束だったということもあって無事解消できたのでよかった。

九月には田舎の親戚一同を呼ぶ大がかりな結婚式を挙げることになり、うちの地元で一回、友達や会社関係の人たちをメインに東京で一回、計二回披露宴を行った。

本当の夫婦じゃないことが申し訳ないくらい豪華な式で、和装洋装共に花嫁衣裳を着ることができた。もう思い残すことはないほど、素敵な結婚式だったと思う。

それから半年。両親には、藤ヶ谷さん――涼介さんの仕事の都合で東京に拠点を置かなければならないからと言って、都会暮らしを継続できることになった。

現在の生活はというと、以前から住んでいるマンションにひとりで暮らしている。

仕事もそのまま続けているものの、ＧＡＧＡＤＯ担当からは外してもらった。公私混同はしないつもりだけど、夫婦で一緒の仕事をしていると周囲が気を使うだろうと見越して。

後輩の西野さんからは「藤ヶ谷さんと結婚なんて、羨ましすぎ！　ずるい！」と何度も泣き言を聞かされるはめになった。

いやいや、西野さんには素敵な彼氏がいるじゃない。私なんて……涼介さんと結婚したとはいえ、一緒に住んでいるわけでもないし、愛し合っているわけでもない。業務的な連絡をするくらいで、それ以外は独身のときと同じだ。

周囲からは「どうやって付き合うことになったの？」と経緯を聞かれまくった。仕事上の付き合いがあったとはいえ、普段の様子から私たちが恋愛に発展するなど思ってもみなかったのだろう。

『会うたびに藤ヶ谷さんから猛アプローチされて、付き合い始めた。一緒にいるうちに自然と結婚を意識するようになり、プロポーズされた』

私たちは事前に打ち合わせて、ふたりの馴れ初めについて決めておいた。愛され婚をしています、ということを大々的にアピールして、私たちが偽装夫婦だとバレないように振る舞うのも忘れない。

その甲斐あってか、私たちが別居していることすら誰ひとり気づいていない。

どれもこれも皆、涼介さんのおかげだ。彼には頭が上がらない。

密に連絡を取り合うことはないが、彼への感謝の気持ちは忘れず、一日一回は「ありがとうございます」と念じるようにしている。

そして時間のあるときは、涼介さんのお母さんに会いに行き、お話をしたり一緒に食事をとったりしている。こんなに素晴らしい涼介さんを生んでくれたお母さんに、少しでも感謝の気持ちをお返しできたらいいなと思ってのことだ。

そんなある日の朝。

目を覚ましてスマホを見てみると、『来週のクリスマスイヴの日、何か予定は入っているか？』と涼介さんからメールが入っていた。

クリスマスイヴ……か。ベッドサイドテーブルに置いている卓上カレンダーに目を向けると、その日は火曜日だった。

週中の平日に予定など入っているわけもなく、かつ習い事のない曜日だから、きっといつも通り仕事をして帰るだけだろう。

『おはようございます。返信が遅くなってごめんなさい。何も予定ないです。どうしましたか？』

そう返事すると、すぐに『じゃあ、ふたりで食事に行こう』と返ってくる。

ふたりで食事……？　涼介さん、どうしたんだろう。

不思議に思い、何度もその文面を読み返す。

近況報告のためたまに会う約束はしていたものの、まさかクリスマスイヴに誘われるなんて思ってもみなかった。でもきっと深い意味などないはず。空いている日がなくて、その日を指定されただけだろう。

『わかりました。服装の指定などあったら、言ってください』

何か目的があっての食事会かもしれない。今まで一緒に出かけたのは、友人の集まりや親戚の集まりなど、夫婦で参加しなければいけない何かがあるときだけだった。

『服装の指定はないから、希美の好きな格好で来てくれたらいい』

そう言われたら、逆に困る。何を着ていくか考えなければならないし、あの素晴らしくイケメンな涼介さんに釣り合う格好をしなければならないプレッシャーを感じる。

「あの格好よさには、まだ慣れないんだよな……」

結婚して身内になったとはいえ、会うのは月に一度程度。私服の彼も何度か見たけれど、いつも清潔感があってセンスのいい服を着ている。しかも上品さが漂っていて、スーツとはまた違う魅力に溢れているのだ。

とにかく彼の期待に応えるべく、満足してもらえる格好をしなければ。服は新調して、それまでに美容院に行って髪を整えて、ベストコンディションで臨めるように調整しよう。

結婚してから、ふたりで食事をするのは初めて。ちょっと緊張するけれど、もしかしたら離婚を言い出されるかもしれないいなんて不安も出てくる。

私たちの結婚生活は、数々の約束の上で成り立っている。その中に、「相手が離婚を申し立てたとき、異議を唱えず速やかに承諾する」というものがある。

籍を入れたれっきとした夫婦である反面、すぐに離婚できる脆い関係なのだ。

離婚を言い渡されてしまえば、この順風満帆の都会ライフが終了してしまう。それだけは避けたいと願いながら、私はクリスマスイヴへの調整を始めるのだった。

＊　＊　＊

十二月も半ばに入り、寒さが一段と厳しくなってきた。つい今しがた、妻である希美にメールでクリスマスイヴのディナーの誘いをしたところだ。

彼女は俺の妻なのだから、誘うのは不自然じゃない。必要なときは、気軽に呼び出せる存在なはずで、何も間違っていない。

「ふぅ……」

自宅のベッドの上にスマホを置いて、一度深呼吸をする。

俺――藤ヶ谷涼介と鈴村希美は、愛し合っていない偽装結婚をしている。希美は取引先の社員で、毎月定例ミーティングで顔を合わせる仲だった。

彼女は派手すぎず地味すぎず、ちょうどいい感じの華やかさで、清潔感の漂う雰囲気をしている。一目見たときから好印象で、ちゃんとしている女性ということが窺えた。

髪をひとつに纏めているところも、濃すぎないメイクも、香りも、どれも俺の好み。きっとこれらを全て取り払っても可愛いんだろうなと思わせるところがいい。

外見だけでなく、話した感じもよくて、人のことをよく見ている。先回りしていろいろとやってくれるけれど、押しつけがましくない。同僚たちとの関係も良好そうで、うちの社員たちからも評判がいい。この子がうちの会社にいたら、どんなにいいだろうと思うほど、彼女は魅力に溢(あふ)れていた。

しかし、それは恋愛感情ではなく、ただひとりの人間として気に入っていた。人として信頼できる――そんな気持ちを抱いていただけだった。

それなのに、ある日突然会社を辞めなければならないのだと打ち明けられた。実家が厳しく、期日までに結婚相手が見つからなければ、強制的に実家に帰らせて親の決めた相手と結婚させると言われていたらしい。

「今時、そんな家があるんだな……」

時代錯誤もいいところだと驚いた。

しかし彼女の実家の周りではそれが普通らしい。

早く家庭に入って、子どもを産む。親を大事にしながら、近所や親戚付き合いを密にして、その地域に根付いて生きていく。聞いただけで息が詰まりそうな話で、彼女に心底同情した。

何か力になれないだろうか。いつも世話になっている希美を助けたい。彼女と一緒に仕事をしていると、次はこんなことをして喜ばせたいだとか、驚かせたいだとか考えて、いろいろなアイデアが浮かんでくる。

できることなら一緒に何かを作っていきたいと思うほど、希美のことを好意的に見ていた。だからこのまま実家に帰らせたくないと思った。

その勢いに任せて、彼女にプロポーズをしたというわけだ。我ながら何てことをしたんだと内心動揺したが、自分の心に嘘はつけない。

それに俺自身、そろそろ身を固めてもいいころだと思っていた。しかし周りにいる女性に、心惹かれるような子はいない。向こうからグイグイ来られると、思惑は何だと洞察して彼女たちの目的を見透かしてしまう。

お金持ちと結婚したい。仕事を辞めて、この人に養ってもらいたい。この人と結婚すれば、周りに自慢できる——中にはハニートラップのようなことを仕掛ける女性もいて、ほとほと疲れてしまった。どこかにいい相手はいないかと探していたところに、希美がいたのだ。

希美は東京でのひとり暮らしをやめたくないと思っている。仕事をして自立しているし、誰かに寄りかかって生きていきたいと考えるような人じゃない。俺に媚びたりもしないし、偽装結婚を申し出てもルールを遵守して俺の望むような結婚生活を送ってくれるに違いない。

婚姻関係はあるものの、生活は別。既婚者の肩書を得て、お互いに自由に暮らす。これは両方にとってメリットじゃないかと思った。

自分の左手薬指に視線を落とすと、そこには希美と一緒に選んだ結婚指輪が嵌っている。シンプルなデザインで、ふたりとも一目でこれがいいと気に入って選んだものだ。そのエピソードを思い出して、ふっと顔が緩む。

希美から承諾を得たあとすぐに入籍し、挙式を済ませた。そしてふたりはまた元の生活に戻る。もともと住んでいたマンションで生活をし、仕事を続け、必要最低限の連絡しか取らず、夫婦で参加しなければならないイベントだけ共に過ごす。

お互いにライトな関係を築くため、恋愛は自由とした。ただし避妊は必ずすること。婚外子ができたなんてことになったら即離婚だと伝えたが、希美はきっぱりと「その心配はない」と言い放った。

年頃の女性なのだから、色恋沙汰のひとつやふたつはあるだろう。それなのに即答とはどうしたことかと驚いた。

……まぁ、男性に対していい印象を持っていないようだから、この先恋愛をする気がないだけなのだろうと思っていたが――

先日、懇意にしている別会社の男性社員と話していたときのことだ。仕事の話がいち段落し、コーヒーを飲んでいると相手が前のめり気味で話し始めた。

「グレハティの美人社員ってご存知ですか？」

「俺が、既婚者か……」

「……美人社員？」

グレハティは希美の勤める会社だ。すぐに反応しそうになったが、何食わぬ顔で話を続ける。

「グレハティのSNSで……ほら、見てください。この人、綺麗ですよね〜」

彼のスマホで見せてもらったSNSに載っていたのは、新しく発売されるスマートウォッチを紹介している希美の姿だった。

「……めちゃくちゃいいですよね。この優しそうな雰囲気と、頑張ったら振り向いてくれそうないい具合の存在感がたまらないんですよ」

久しぶりに見た希美は、以前よりも一段と綺麗になっている気がした。結婚式のあと、一度顔を合わせたくらいで、ここ最近会っていない。その間に髪が伸びて、しかもゆるく巻いているので雰囲気が変わっていた。

そしてぴたっとしたニットを綺麗に着こなし、胸のラインが何とも色っぽい。露出が少ないのに色っぽいなんて、どういうことだ。スマートウォッチよりも、完全に希美のほうが魅力的に映っている。

「この画像のいいねの数がハンパないんですよ。美人すぎるグレハティ社員って話題になっていました。はぁ……会ってみたいです。そういえば藤ヶ谷社長の奥様も、グレハティじゃありませんでした？」

顔を引き攣らせながら「そうです」と返事をする。目の前の男性は、目を輝かせて俺を見つめた。

「この人を、僕に紹介してもらえませんか⁉」

「……はは……」

「お願いします！」

まさかこの女性が俺の妻だとは思ってもみないのだろう。そのあと本当のことを打ち明けて丁重にお断りしたが、俺の妻に「頑張ったら振り向いてくれそう」と言ってしまったことを何度も謝られた。

それだけじゃない。昨日、友人の萩野と飲みに行ったときもそうだ。

萩野は俺たちの結婚式に参加していた男で、若くして会社を立ち上げて成功を収め、一生分の金を稼いだ今はほぼ遊んで暮らし、独身生活を謳歌している。

そいつから呼び出され、行きつけのバーで飲んでいた。

「偽装結婚は順調か？」

「……まぁな」

偽装結婚のことを誰にも言うつもりはなかったのだが、萩野に結婚を報告した際に、「お前たち、訳ありだろう」とすぐに見抜かれてしまった。もともと俺に恋人がいないことを知っていたから、急に結婚の報告をしたことで怪しまれるのも仕方ない。

萩野としては〝彼女ではないのに妊娠させたのでは？〟と勘繰っていたようだったが、まさかの偽装結婚だった。

話を聞いてなぜか「それは面白い！」と萩野は笑った。周囲に絶対に言うなと何度も釘を刺したので、口外していないようだが……定期的に俺たちの関係のことを聞いてくるようになった。

「なぁ、あの奥さんに手を出してないの？」

「出すわけがないだろう、籍を入れただけの関係なんだし」

ここで手を出してしまったら、ややこしくなる。お互いに干渉し合わないライトな関係が良好だからこそ、成り立っているのだ。

「じゃあさ、一度貸してよ。あの奥さん、いい感じにエロいよな」

「はあ？」

こいつもこの前の奴と同じことを言い出した。人の妻を捕まえて「いい感じにエロい」とはなんだ。

「だってお前ら、恋愛は自由なんだろ？　他の男と体の関係を結んでもいいと伝えてるって言ってたじゃん」

「そうは言ってあるけど、俺の周りでするのは普通に考えてＮＧだろ。知らないところでするならまだしも」

「じゃあ、お前に内緒でちょっかいかけるのはOK？　それもスリルがあっていいかも。燃えそう～」

「お前な」

俺の周りの男は何なんだ。希美のことを見て「頑張ったら振り向いてくれそう」だとか「いい感じにエロい」だとか。失礼だとは思わないのか。

こいつらが言う通り、希美はいい女だ。容姿もさることながら、中身もいい。俺の親に挨拶（あいさつ）をしたときも、女性を見る目が厳しい母親が「この子はとてもいいお嬢さんだ」と絶賛したくらいだ。

それから俺の母親とも定期的に会うようにして、親を安心させるように気遣ってくれている。希美からはその報告がないが、母から「希美ちゃんにいつもありがとうって伝えておいてね」と感謝のメールが届く。

結婚生活が始まってからは、俺の望んでいた通り全く干渉してこない。俺を取り囲むものに対して、影響を及ぼさないように配慮してくれている。

しかも、社内でも波風がたたないように立ち回っているらしく、希美から引き継がれた担当に、「奥さんからいい旦那さまだとうかがっておりますよ」と言われた。

そんな素敵な女性に対して邪（よこしま）な目を向けるなと、この男どもに腹を立ててしまう。

「とにかくやめろよな」

「あれー。形だけの結婚相手なのに、やけに束縛するなぁ。変だな」

「別に束縛じゃない」

これは束縛じゃない。俺の周りで変なことをしないでほしいというだけの話で。旦那の友人と寝ているなんて、ドロドロの不倫ドラマみたいだから、そういうのは遠慮してもらいたい。

「もうすぐクリスマスじゃん？　希美ちゃん、別の男と過ごすのかもな。不倫って燃えるからなー。相手の男、めちゃくちゃ抱くだろうな」

「おい」

「ストーカーみたいな男がいたって言ってたよな。分かるわ～、希美ちゃん、ほんといい感じに男がグッとくる雰囲気だし。男が放っておかねぇわ」

「やめろ」

俺の何を煽りたいのか知らないが、悪ふざけがすぎる。楽しそうに話す友人を睨みつけて、ウィスキーを飲み干した。

「なぁ、涼介。籍だけじゃ、相手を繋ぎとめられないんだよ。ちゃんと欲しいなら、自分のものにしておかないと誰かに取られるぜ。取られてから気づいても遅いからな」

「何を分かったふうに……」

「俺はお前のことを分かっているんだよ。お前以上に」

知ったようなことを好き勝手に言ってくれる。確かに萩野とは付き合いは長いが、俺以上に俺のことを分かっていると言われると何だか癪(しゃく)だ。

そのあと俺のことを不機嫌にさせた男は、バーにいた女性客を持ち帰っていった。

俺は好きでもない女を抱くなんて無理だ。あいつと俺は違う。

そう思うのに。

〝もうすぐクリスマスじゃん？　希美ちゃん、別の男と過ごすのかもな。不倫って燃えるからなー。相手の男、めちゃくちゃ抱くだろうな〟

その言葉が頭から消えず、知らない男に抱かれている希美を想像して沸々(ふつふつ)と嫌悪感が湧き上がる。

俺以外の男の前で、幸せそうに微笑んでいるところや、とろけた顔をしていることを想像するだけで不愉快になる。抱かれているなんて、もってのほか。

俺たちは偽装夫婦だ。お互いに干渉しないし、他の人と恋愛してもいい。そう決めたのに、この胸に渦巻く変な感情は何だ。

「はっきりさせてやる」

正体不明の胸のモヤモヤをなくすために、夜中にもかかわらず希美へメールを送った。

『来週のクリスマスイヴの日、何か予定は入っているか？』と。

3

子どもの頃はクリスマスシーズンになると、指折り数えてワクワクと胸を弾ませていた。サンタさんからプレゼントをもらえるし、家族でチキンやケーキを食べてパーティができる。

その日だけはノンアルコールのシャンパンを飲んでもよくて、大人になったような気持ちを味わえた。

でもいつからかクリスマスが待ち遠しくなくなって、いつもと変わらない日と同じ過ごし方をするようになった。

仕事で忙しい時期な上に一緒に過ごす恋人もいない。しいて言うなら、毎年イヴの夜中にやっているバラエティー番組を見ながら、ひとりでお酒を飲むくらい。

浮かれている街や人を見て、他人事のように感じていた。

「それなのに、今年は……！」

既婚者になっている上に、その旦那と一緒にクリスマスディナーを食べることになってしまった。相手に失礼に思われない格好をするため、この前の週末は百貨店に服を買いに行った。

どういった店で食事をするか分からないけど、涼介さんのことだからそれなりのお店に行くに違いない。

親戚や友達の集まりに一緒に行ったときも、高級料亭や有名なグルメブックに選ばれているようなレストランだった。今日も安い居酒屋やファミレスなどではないと予想して、クリスマスらしくワインレッドのノースリーブドレスを選んだ。

体のラインにフィットして女性らしさを出しつつも、デコルテラインはレース仕様になっていて露出を控えている。足元はイタリア製のスパークルクリスタルをあしらったパンプス。ボーナスが入ったので奮発（ふんぱつ）して買ってしまった。

そしてリップもクリスマス仕様に赤いものを選んだ。いいものを身に着けて、女ぶりが上がった気がする。これなら涼介さんにも満足してもらえるかもしれない。

待ち合わせはホテルの前。陽も落ちてすっかり夜になり、大きなクリスマスツリーのオーナメントがキラキラと輝いて、とてもロマンティックな雰囲気だ。今日は一段と風が冷たくて、コートの襟を立てて寒さをしのごうとすると、声をかけられた。

「お待たせ」

「あ、こんばんは……」

涼介さんだ。ライトブラウンのツイードジャケットに、タイトなブラックのパンツを合わせた、オシャレ感の漂（ただよ）うコーディネートに恐れおののく。

　もともと素敵な人だと分かっていたけれど、普段のスーツとはまた違った雰囲気で格好いい。思わず見惚れてしまって、挨拶（あいさつ）したあとの言葉が出てこなかった。

「寒いだろう、早く入ろう」

「は、はい」

　ホテルの中に入っていく彼のあとについていくと、すぐにエレベーターに乗り込んで上階へ向かった。私たちだけのエレベーターの中はとても静かで、ドキドキと鳴っている胸の音が聞こえてしまうんじゃないかと心配になる。

「今日は本当に予定なかったの？」

「……はい。特には」

「そう」

　少しだけ会話をしたあと、目的の階で扉が開いた。降りてみるとそこは、しっとりと落ち着いた雰囲気のフレンチレストランだった。ホテルの四十階にあるということで、窓から見えるのは素晴らしい東京の夜景。窓際の席に案内されて、私たちは向かい合って座った。

「すごく素敵なお店ですね」

「そうだね。味も間違いないから安心して」

コートを脱いでから、恥ずかしくて涼介さんのほうをちゃんと見られない。お店のドレスコードも問題ないだろうし、他のお客さんから浮くようなことはないはずなのだけれど、似合っていないと思われたらどうしようと心配でたまらない。

がっかりされていないか確かめたいと思うものの、なかなか勇気が出ないでいた。

「そのドレス、素敵だ。似合ってる」

「え……？」

「希美って、こういう色っぽい格好も似合うんだね。いつもと雰囲気が違うから驚いた」

スマートに褒めてくれて、素直に喜んでしまった。一番気にしていたことだったから、一気に安心して思わず顔が緩（ゆる）んでしまう。

「ありがとうございます」

緊張して俯（うつむ）いている間にクリスマスディナーが始まり、スタッフがシャンパンを運んできてくれた。ふたりで乾杯をして、素敵な時間が始まった。

「久しぶりに会ったわけだけど、最近どうだった？　変わったことはなかった？」

「変わったこと……ですか？」

私の生活で変わったこと。そう聞かれても思い当たるものがなくて、首を傾げてしまう。

「あ、そうだ。そういえば、部署が変わって、今は広報担当になりました。商品のＰＲが主で、ＳＮＳに顔出しして宣伝しているんですよ。今はそういうやり方が効果あるんですね」

「SNS見たよ。希美の写真もいくつかあったね」

「ええっ、見たんですか？　あー、恥ずかしい……！」

微妙にバズっていたので、もしかしてとは思っていたものの、まさか本当に見られていたとは。後輩にリクエストされて、いい女風に撮りましょうと言われて気取ったポージングにしていたことを心底後悔する。

「うちの会社もアカウントがあって、社内の様子が見られるようになってる。会社をオープンにして親しみを持ってもらえるようにSNSを活用してるよ。採用活動の際も参考にしてもらっているかな」

「ですよね、文面だけよりも社内風景が分かるほうが、就職してからのイメージが湧きやすいですもんね」

料理が運ばれてくるまで仕事の話をしていたが、次第にプライベートの話に移っていた。

「涼介さんは、普段何をしているんですか？」

「普段……？　毎日仕事ばかりだな。週末には飲みに行くこともあるけど、家でゆっくりしているほうが多いかな」

「私もです。今もジムに通っていますか？」

「ああ、マンションの中に併設されているから毎日通ってる。もう習慣になってるな」

スタイルのいい涼介さんは、以前からジムに通っていると話していた。それに、仕立てのいいスーツをビシッと着こなすスタイルをキープするには、やはり運動は必要不可欠だ。グレハティ社員に負けないくらい体の構造や栄養についての知識を持っているのは、自分の健康管理をしっかりやっているかららしい。

「希美は？　ヨガ続けてる？」

「はい、週一回通っていて、家でもやっています。最近、ハワイで体験できるナイトヨガに興味があって」

「ナイトヨガ……？」

SUP（サップ）という大きめのサーフボードの下側にLEDを装着して海中を照らし、重り（おも）をつけて海に浮かべた上でヨガをするというもの。夜のハワイの海で幻想的な雰囲気の中、ヨガを楽しめるのだとか。

友人のSNSで見てから、いつか自分もやってみたいと思っている。

「涼介さんは、旅行好きですか？　海外とか行きます？」

「ああ、行くよ」

あれもこれもと話していると、前菜が運ばれてきた。調子に乗ってたくさん話しすぎたかもしれない、と我に返ると、じっとこちらを見つめる涼介さんに気がついた。

「あ、ごめんなさい。お話が楽しくてはしゃいでしまいました」

もう少しお淑(しと)やかにできないのかと呆れられていたらどうしよう。普段こんなところで男性と食事をすることがないから、舞い上がってしまった。恥ずかしい、と身を縮こませていると、涼介さんは話を続ける。

「いや……いいんだ。やっぱり綺麗になったと思って、希美に見惚れてた」

「え……っ」

「もしかして、彼氏ができた？」

「彼氏⁉」

急に何を言い出すのかと思えば、彼氏！　思ってもみない言葉を聞いて、つい笑ってしまった。

「ふふ、彼氏なんていませんよ」

「そうかな。見違えるほど綺麗になったし、新しい恋でもしているのかと思った」

「まさか」

あまりにも非現実的なことを言われたものだから、まだ笑いが収まらない。クスクスと笑いながら前菜を食べ始める。

「最近、グレハティから発売になった酵素ドリンクを飲むようにしていて、それで肌つやがよくなったかもしれません」

「本当にそれだけ？」

「……？　はい、変わったことといえば、それくらい……ですかね？」

習い事は前からしていると伝えてあるし、思い当たる変化があったのはそれくらいなのだが、涼介さんは納得していない様子だ。

「そんなに変わりました？　私……」

もしかして整形を疑われてる？

どこかの顔のパーツが変わったと怪しまれているのかと不安になってくる。いやいや、整形していないし、変わってもいない。そもそも涼介さんが私の顔をよく見ていなかったんじゃないの？

久しぶりに会ったから、こんな顔だったっけと不思議に思っただけなのかもしれない。

「私、元からこういう顔ですよ」

「顔のことを言っているんじゃないんだ。なんだろう、こう……雰囲気が変わったっていうか。女性は恋愛をすると綺麗になると言うだろう？　だから、恋人でもできたのかと」

そういう意味かと納得する。しかし残念ながら、そういうこととは無縁だ。

「今まで一度もできたことがないのに、ここ数ヵ月で急にできるわけがないですよ。涼介さんこそ、どうなんですか？　恋人はできました？」

「……え？」

え？

ふたりの間だけ時が止まったように静まり返る。周りには食事を楽しむ音が溢れているのに、私たちは見つめ合ったまま固まっていた。

「ちょっと待って。今の言葉、もう一回聞かせて」

「えっ、と……」

「今まで一度もできたことないって言った？」

あ、しまった。つい口が滑ってしまった、と口元を押さえる。涼介さんは目を丸くして私のほうを見つめている。

「説明して」

「あ、えーっと。それは……」

「希美」

はぐらかそうとしても、逃げられない空気。ここは素直に話すしかないと腹をくくる。

「……はい。さっき言った通り、私は今まで誰ともお付き合いしたことがありません。以前にも話したと思いますが、男性のことをよく理解できていないせいで、好きになれるような人が現れないんです」

告白をされたことは何回か、あるにはある。しかし、相手のことを好きかどうか分からないのに付き合うわけにもいかず、中には既婚者の方もいたので断り続けていた。

「だからこの年まで誰とも付き合ったことないんです。隠していてすみません」

誰とも付き合ったことがないなんて、色気のない女だと思われただろうか。幻滅されたかもしれないと悲しくなる。

「いや、別に隠していたことを責めているわけじゃないんだ。ただ……」

「ただ？」

「予想外だったから驚いた。以前にいい人がいないと言っていたのも、謙遜（けんそん）で言っているだけかと思っていたから……」

いえいえ、それは本気の話なんですよ。社会人になる以前からずーっと、いいなと思う人がいない。だからと言って、適当な人と付き合いたくないと思う自分もいて。そうして、いつの間にか二十八歳になっていたのだ。

「いろいろと拗（こじ）らせているんです、私」

付き合うのなら、同じくらいの気持ちを持って付き合いたいだとか、相手のことは尊敬できる人がいいだとか、好きなものよりも嫌いなものが一緒の人がいいとか。

理想が膨らんで、現実との差が大きくなるばかり。そんな中、結婚しなければならない状況になって困っているときに、涼介さんが救いの手を差し伸べてくれた。

だからもうこの先、恋愛ができないと悩まなくていい。既婚者が恋愛するなどいけないことだし、するつもりはない。

「不躾(ぶしつけ)な質問をして、本当に申し訳ないが……男性と経験は？」

　付き合ったことがないとはいえ、さすがにあるよな、と言わんばかりの視線を向けられる。

「あるわけないじゃないですか。そういうのって、付き合っている人としかしないことですよね？」

「まぁ、確かに……」

　恋人以外の人とするなんて考えられない。他の人はどうか分からないけれど、私はそういうポリシーを持っているので、当然経験がない。

「それなのに俺と結婚して……。恋愛をするつもりもないと言うし、一生未経験のまま過ごすつもりだった？」

「そうですね。別にそれで構わないと思っています」

　こんなにオシャレをして気合を入れてきたのに、まさかの経験ゼロだったと知られて台無し感がハンパない。面白味のない女だと思われたに違いない。でも仕方ない、これが私なんだから。遅かれ早かれ知られていたことだろう。

「……で、涼介さんはどうなんですか？　恋人はできました？」

「できてない」

　そう聞いて、ホッとした自分がいた。もしここで「恋人ができたんだ。その子に本気になったから、離婚してほしい」と言われたら、この婚姻関係が終了になってしまうからだ。

他にも涼介さんに恋愛話を振ってみたものの、あまり語られることはなく、この話題はあっさり終了してしまった。時折、何か考えているような素振りもあったけれど、他愛のない話をして食事は終盤に差し掛かる。

メインの料理が終わり、デザートを待っているときに、涼介さんはテーブルの上にクリスマス仕様のリボンがかかった紙袋を置いた。

「これは……？」

「希美へクリスマスプレゼント。いつもそつなく俺の妻を演じてくれているお礼に」

「ええ……っ」

予想していなかったプレゼントに胸が高鳴るけれど、それ以上に、涼介さんにクリスマスプレゼントを用意していなかったことに焦りを覚える。

しかもショッパーの下部には有名なハイブランドの名前が刻印されている。安価なものではないことが窺(うかが)えるから、余計に。

「開けてみて」

「……はい」

恐縮しながら紙袋を手に取り、リボンの紐を解き中を見てみると、小さな箱があった。

その箱を取り出して蓋を開けると、そこには華奢なネックレスが入っていた。

「わあ……っ、素敵！」

ネックレスが欲しいと思っていたから、心底嬉しく思う。オフィシャルな場所でも、プライベートでも使いやすそうなデザイン。主張の強すぎない感じが、すごくいい。

「この前、ずっと使っていたネックレスが壊れてしまって、新しいのが欲しいと思っていたところだったんです。すごく嬉しい、ありがとうございます」

「そう、喜んでくれて嬉しいよ」

喜ぶ私を見て、涼介さんもにこっと微笑む。

タイミングを見計らって、スタッフがデザートを運んでくる。クリスマスディナーの締めくくりに相応しい素敵なデザートに、私は目を輝かせた。

「いただきます」

素敵なロケーションのレストランで美味しい食事をして、目の前には非の打ち所のない素敵な男性。しかも彼は自分の旦那で、クリスマスプレゼントまで用意してくれている。

一方の私は、できる範囲のオシャレはしてきたものの、与えられたものに喜んでいるだけで、何もお返しできるものを持っていない。何だか申し訳なくなってきた。

「……どうしたの、急に静かになったけど」

さっきまで笑顔いっぱいだったのに、急に大人しくなった私に、涼介さんは心配そうに話しかけてきた。

「デザートをもっと食べたいなら、俺の分も食べて構わないよ。まだ口をつけていないから」

「そうじゃありません……」

「じゃあ、どうした？　何か気に入らないことでもあった？」

違う。その反対だ。

よくしてもらいすぎて、どうすればいいか分からない。何も返せないことが不甲斐なく感じるのだ。してもらったことに対して、同じくらいのことを返したいと思うのに、デートに不慣れな私にはどうすることもできない。

「こんなによくしてもらったのに、何もお返しすることができなくて申し訳ないなって……」

「そんなこと気にしなくていい」

「でも……！」

普通の女性なら、こういうときどうするのだろう？

そもそもクリスマスを男性と一緒に過ごすのに、手ぶらで来ること自体あり得ないことなのかもしれない。もっと事前に調べてから臨むべきだったと反省する。

「こういうとき、女性はどうすればいいんですか？　私には、何もお返しできるものがありません」

「別に何もしなくていい。喜んでくれるだけでいいよ」

「それじゃあ、涼介さんが割に合いませんよ。私も何かお返ししないと気が済みません。涼介さんは何か欲しいものはありませんか？　私にできることなら、何でもします」

このままもらうだけもらって終わるなんてできない。ここの会計を持って、帰りのタクシー代を出してもまだ足りないくらいだ。あとは、涼介さんの家を掃除させてもらうとか、もっと雑用を——

「本当に、何でもする？」

「はい、何でもします。……あ、でも、私のできる範囲でお願いします」

ものすごく高価なものを要求されたり、手に入らないものを欲しがられたりしたら困るけれど、涼介さんはそんな無茶なことは言わないだろう。

少し考えている様子の涼介さんは、コーヒーを一口飲んでから、こちらに視線を向けた。

「じゃあ、希美の初めてを俺にくれないか？」

「…………え？」

「それがクリスマスプレゼント」

「えええええっ！」

いやいやいや……っ！　一体何を言い出すのかと思えば、私の、初めてを欲しいって……？

「涼介さん、一体何を……」

何かの間違いだろうと思いたい。私はこんなに取り乱しているのに、目の前にいる涼介さんは冷静な顔をしてコーヒーを飲んでいる。

「俺の欲しいものをくれるんだろう？　だったら、希美の初体験が欲しい」

「いやいや……。そんなもの、いらないでしょう？」

「欲しいから言ってる」

「そんなものに興味を持たないでください。悪趣味です」

「ひどい言いようだな」

涼介さんは、半分笑っているような、半分困っているような複雑な表情をする。

こちらから何が欲しいか聞いたのに、提示されたものを拒否するなんて失礼だと思うけれど……私の初めてが欲しいなんて、冗談にしては笑えない。

どうにかして、もう少し現実的なものを要求してもらえないか交渉しないと。

「もっと他に欲しいものはないですか？」

「ない。今一番欲しいのが君だ」

迷うことなくきっぱりと断られる。一切譲る気のなさそうな涼介さんは、交渉の余地を全く見せない。仕事でこういう場面を見かけることはあったものの、まさかそれを自分に向けられるとは思わなかった。

「処女と結婚してしまったからと負い目に感じて、責任を取ろうとしなくていいんですよ。私としては、一生経験がなくてもいいと思ってますから」

「偽装といえども、俺たちは夫婦だ。この先、離婚することがあるかもしれない。そうなったときに、君に経験がないとなると辻褄が合わなくなる。前夫と男女の関係がなかったなんて知られたら、偽装結婚だったこともバレてしまうだろう」

それはそうかもしれない。うちの両親に結婚の報告をしに行ったとき、子どもを望んでいる人でないと認められないと言われた。それを承諾して結婚したのだから、子づくりしていなかったと知られたら、両親の逆鱗に触れることになる。

「だったら俺と経験するのがベストだろう？　俺は仮にも君の旦那だ。信頼できる相手であることは間違いない」

恋人でないとはいえ、涼介さんは私の旦那だ。知らない相手でもないし、寝たあと逃げられる心配もない。誠実な人だというのは前々から知っているし、涼介さんにも恋人がいない。これってすごく好条件な相手ってこと？

「……でも私たちは、形だけの夫婦じゃないですか。それをしてしまうと、そもそもの関係性が変わってきてしまうかと」

今まで完璧な別居婚をしていたのに、体の関係を結んでしまったら、全体のバランスが崩れてうまくいかなくなってしまう可能性がある。せっかくこの半年間順調だったのに、それを壊したくない。

「大丈夫、生活は今まで通りにすればいいよ。ただ数回、俺を使って練習したと思えばいい」

「練習……」

「そう。きっと希美は男性のことを食わず嫌いしているだけだ。一歩踏み込んだら、価値観が変わるかもしれないよ」

そうすれば、男性に対する見方も変わるだろうし、好きな人だって現れるかもしれないと、涼介さんは言う。

今まで男性に対していい印象を持っていなかったのに、初体験をしたら劇的に変わるのだろうか。でも私以外の大半の女性たちは経験していることだし、恋人のいる人や結婚している人は幸せそうだ。そう思うと、私が知らないだけで涼介さんの言っていることが正しいのかも。

でも、でも……！

好き同士じゃないのに、セックスってできるの……？

「そもそも、俺のことそういう目で見てない？」

ねだるような甘い瞳で見つめられる。テーブルを挟んで座っているのに、間近に迫るこの色気は何だろう。全身が心臓になったみたいに鼓動がうるさいほど鳴る。

「旦那なのに、希美に好意的に思われていないなんて悲しいな」

「え……いや、そんなこと、は、ないですよ」

「本当？　希美にとって、俺は男として魅力がない？　だから、意識してもらえていないとか？」

「魅力がないなんて、そんなことありません！」

むしろ、どうしてこんな素敵な人が私を選んでくれたんだろうと不思議に思うくらい、魅力的な人なのに。

恋愛感情がなくて形だけの夫婦だとしても、パートナーに選んでくれたことを光栄に思っている。それなのに勘違いさせてしまって申し訳なくなる。

「涼介さんはとても素敵な人です」

「じゃあ、俺に抱かれて」

ぐらぐらと揺れる。

セックスに興味がないと言えば嘘になる。一生しなくてもいいと思っていたけれど、涼介さんが相手をしてくれるのなら経験してみたい。

でもその好奇心に任せて、ふたりの関係が崩れたらと思うと踏み出せない。

「妻に拒まれるなんて、辛いものがあるな。残念だけど他をあたるしかない……か」

「え……」

「だってそうだろう。既婚者だから、自由に女性と遊べるわけじゃない。妻に求めるのが当然の流れかなと思ったんだけど、希美は嫌みたいだから仕方ない」

もともと結婚の契約を交わすときに、恋愛は自由だというルールを設けた。しかし既婚者が奔放に女性と遊んでいたり、不倫をしていたりすると世間体が悪く、仕事に悪影響を及ぼす事態に発展する可能性がある。

なので、最初に恋愛自由という条件を提示したものの、涼介さんも他の女性と接触せずにいたのだとか。

「そんなことで会社の信用が落ちてしまうことは避けたい。だから、奥さんに相手になってもらうのが筋かと思ったんだ」

「そう……だったんですか」

ということは……涼介さんも、そういうことがしたいってこと？

でも結婚しているし、適当な女性に手を出すわけにはいかない。もし不倫が公になったら、ＧＡＧＡＤＯの社長として有名な彼のことだから、スキャンダルとして取りざたされてしまう可能性がある。

そうなると、その相手になるのはおのずと私になるわけで……

「……ま、そんなことは君に関係はないよな。ごめん、気にしないで」

引き際も潔く、交渉不成立を受け入れた涼介さんは、この話はもうやめようと切り上げた。帰り支度を始めた涼介さんを見て、何とも言えない複雑な感情が渦巻く。

私……本当にこのままでいいの？

涼介さんになら持ち帰られても構わないと思っていたりしない？

もしこのまま全てを預けたらどうなるんだろうと想像してみる。

経験がないから乏しい想像力だけど、きっと優しくエスコートしてくれて、素晴らしい初体験をさせてくれるに違いない。

相手は旦那さま。何も間違っていない。ただ恋愛感情がないってだけ。

本当なら恋愛して、両想いになって、それから手を繋いで、キスをしてから最後まで経験するのが普通の流れだけど、恋愛を一度もしたことがない私には一生無理だろう。しかも涼介さんと結婚しているし、出会いや新しい恋愛を求めるのはもっと難しい状況になっている。

一方の涼介さんもそういうことをする相手が欲しい、と。でも私たちは偽装とはいえ結婚をしている。他の相手を探すとなると、いろいろと弊害が出て難しい。だったらパートナーに求めるのが普通の流れか……なるほど。

それに、このまま彼の誘いに乗らなければ、他の女性に行くと言われている。その女性とうまくいけば、ゆくゆくはその人に本気になるかもしれない。

ああ、そうなったら離婚だ……！

それは困る。かなり困る。涼介さんはすぐにいい人が見つかるかもしれないけど、私の場合、もし涼介さんと離婚したら地元に帰らなければいけなくなる。

その上、あの田舎じゃバツイチは腫れものに触るような扱いだし、一生肩身の狭い生活を強いられる。福山くんにお断りしたあとも「ずっと待ってる」と言われていたので、今度こそ彼と結婚させられるかもしれない。

そんな展開になるくらいなら、素直に涼介さんに初めての体験をお願いしたほうがいい。

「……します」

「え？」

「お願いします。私、覚悟を決めました」

席を立とうとしていた涼介さんを呼び止める。そもそもこういうふうにお願いして始めるのかどうかも分からない。だけど、このチャンスを逃したら、後悔するだろう。

涼介さんは、見たことのないような色っぽい表情で私を見る。今から始まることに緊張を走らせながら、その色気にドキドキしてしまう。

「分かった。じゃあ、部屋に行こう」

あのあと、涼介さんは部屋を取ってくれて、このホテルに宿泊することになった。クリスマスイヴなのにホテルに空きがあるなんて思わなかった。

レストランにいるときから、ホテルの素晴らしさは実感していたものの、部屋の方もラグジュアリー感が溢（あふ）れていて、ムードたっぷり。窓から見えるキラキラした夜景は美しく、東京の街が一望できた。

シャワーを浴びて、バスローブ姿になった私は、窓に張り付いて外の景色に見入っていた。窓の外は雪が降りそうなほど寒いのに、部屋の中は快適な温度だ。上質なタオル地のバスローブを羽織っていると暑いくらい。

「お待たせ」

同じくシャワーを浴び終わった涼介さんが部屋に戻ってきた。いつもと違う雰囲気で胸が騒ぐ。

濡れ髪がセクシーすぎる。ああ、もう、どうしたらいいの……！

「よろしくお願いします」

どういう反応をしていいか分からず頭を下げると、上から「ふふ」と笑い声が降ってきた。

「そんなにかしこまらないでいいよ。もっとリラックスして」

「……はい」

「あ、そうだ。敬語をやめて、普通にしゃべって」

私たちが契約を交わしたときにも一度そう言われていた。しかし始まりが仕事上の関係だったためか、なかなか敬語から抜け出せないでいた。

「でも……」

「普通に話してくれたほうが、気持ちが盛り上がる」

そうか。セックスをするのには、盛り上がりが必要なんだ。恋人ではないけれど、恋人っぽい雰囲気を出せば、涼介さんもスムーズに行為ができるのだろう。

なら取引先の社長や、偽装結婚の旦那としてではなく、恋人みたいな距離感で接しよう。

「わ、分かった」

「じゃあ、こっちにおいで」

ベッドの上に座った涼介さんが、私を招く。静々と歩いて彼の隣にくっつくようにして座った。

大きな手が私の頬を撫で、フェイスラインをゆっくりとなぞる。自然と彼のほうに顔が向いて、熱く見つめる視線に気づく。すると全身が心臓になったみたいに、ドクンドクンと大きな鼓動が鳴り響いた。

「希美」

目を逸らそうとした瞬間に名前を呼ばれて、視線を引き戻される。じっと見つめる彼の熱い眼差しに釘付けになっていると、ゆっくりと唇が近づいてくる。

「キスの経験は？」

「……ないよ。初めて」

「そう」

そう答えると、涼介さんは私の後頭部を撫でた。大きな手で何度も優しく撫でられて気持ちいい。うっとりとしていると「目を閉じて」と囁かれた。

きゅっと目を閉じて緊張しながら待っていたら、唇にふわっとした柔らかな感触がした。

これがキス……！

想像していた以上に柔らかくて気持ちいい。すぐに離れて、また目が合う。涼介さんが私の顔を見たあとすぐに、目を瞑ってまたキスをする。きっと私が大丈夫だったか確認してくれたに違いない。

何これ、何これ……！

唇を触れ合わせているだけなのに、今まで感じたことのないような高揚感。キスってこんなに気持ちいいの？　知らなかった。

その間にゆっくりとベッドに押し倒される。大きな体が私の上に覆いかぶさってきた。

「口、少しだけ開いてみて」

「ん……?」

どうしてそんなことを言われたのか分からずに、きゅっと引き締めていた唇の力を抜く。するとまたキスをされて、今度は舌が入ってきた。

「あ、んぅ……!?」

生温かい感触に戸惑っている間に、私の舌を絡めとるみたいにそれが動き始める。ぬるぬるした感触がすごくいやらしくて、声を漏らしてしまう。

どうしていいか分からず手を握り締めていると、彼の手がそれを解いて指を絡ませてきた。何もかも涼介さんに包まれて、気持ちいいやらドキドキするやらで軽いパニック状態に陥る。

何なの、これ……。涼介さんの行動のひとつひとつが刺激的すぎる。まだ始まったばかりなのに、最後までいけるか心配になってきた。

「涼介、さん……! あの」

待って。もう少しゆっくり……。一度唇を離して、息を整えてから改めてキスをしたい。そう思うのに、涼介さんはキスをやめない。深く舌を絡ませて唾液が垂れるほどの激しい口づけが続く。

「……っ、はぁ……」

やっと解放されて、空気を胸いっぱいに吸い込む。深呼吸している間、彼は私を熱く潤んだ瞳で見ていた。

「何も考えずに、俺のことだけ考えていて。絶対に痛くしないから」

「……あっ」

バスローブの紐を解かれ、身頃部分がはらりと開く。下着をつけていない胸元を見られたと驚く間もなく、大きな手で揉まれ始めた。

「あ……っ、んん……」

どうしよう、すごく恥ずかしい。

今まで誰にも見せたことのない裸を涼介さんに見られていると思うと、羞恥心でいっぱいになる。

逃げ出したいくらい恥ずかしくて、何とかして隠そうとするものの、すぐに邪魔だと退けられてしまった。女性とは違うゴツゴツした大きな手は、私の胸を優しく揉みしだく。そのたびに甘い声が漏れそうになって、一生懸命口を閉じて堪えた。

「声、抑えないで。そういうの、ちゃんと聞きたい」

「そう、なの……？　でも、こんな声、変じゃない……？」

「変じゃない。可愛いよ」

甘えた猫の鳴き声のような声で、いつもの自分じゃないみたい。出さないように我慢しているのに、彼が体に触れてくるたび、思わず声が漏れてしまう。

「もっと聞きたい。だから、抑えないで」

「……んんっ！」

私の顔を見つめ、気遣うようなことを言いつつ、彼の指先は両胸の先を摘まみころころと転がす。もう見ていられないと顔を背けた。

「可愛いな。もっとしたくなる」

涼介さんは上体を倒し、私の首筋を舐め始めた。そのぬるっとした感覚に戦慄いていると、胸に置かれた手が動き出す。再び胸を弄られると、そこから味わったことのない気持ちよさが全身に広がっていって、さっきまで我慢していた声が、どんどん抑えきれなくなる。

「あ、あぁ……っ、あんっ……」

そして首に触れていた唇は、少しずつ下へずれて胸のふくらみあたりに来ると、吸い付くようなキスに変わる。胸と胸の間に涼介さんの顔が埋まり、乾ききっていないシャンプーの香りのする髪がさらさらと肌にあたった。

旦那さんとはいえ、涼介さんとこんなことをする日が来るなんて。

少し前までは取引先の社長と、ただのＯＬだった。毎月仕事で顔を合わせていただけの関係だったのに、こんな近い存在になるとは思わなかった。

あのころの私は、涼介さんと初体験するなんて想像していなかった。それから……こんなに優しく触れられるなんてことも。

そんなことを考えていると、彼の頭が動く。顔を横に向けたようだが、そうすると目の前に私の胸の先がある。

だめ、恥ずかしいから見ないで……

そう思って体をよじろうとするけれど、大きな体が上に乗っているせいで身動きが取れない。胸を隠そうとする私の腕をベッドに押さえつけ、胸の先を唇で捉えた。

「ああ……っ！」

どうしていいか分からないほどの快感に襲われる。温かな舌は優しいようで激しい。転がしたり、しゃぶったり、吸ったりとあらゆる手段で弄んでくる。

「涼介さん……っ、や……ぁ、それ……恥ずかしい……っ」

「うん、知ってる。でも可愛いからやめない」

「あぁ……っ、もう……ああっ」

恥ずかしがる私のことなんて気にも留めず、涼介さんは愛撫を続ける。いじわるそうな笑みを浮かべたり、色っぽい表情をしたり、欲情している彼をじっくり見たいけど、私にはそんな余裕がない。

「希美のここ……エッチな色になってきた」

涼介さんに食べられていた胸の先を見てみると、ピンと立ち上がって色濃いピンクへと変わっていた。彼に触れられているとお腹の奥がじんじんと熱くなって、何かが湧き出るみたいな不思議な感覚がする。

これは、一体何なの……？

その間に、彼もバスローブを脱いで裸になった。初めて男性の裸を見たけれど、見惚れるくらい引き締まった体をしている。腕も胸板もお腹も、しっかりと硬い筋肉がある。

あまりまじまじと見てはいけないと目を逸らすと、涼介さんが太ももを撫で始めた。

そして太ももから内側へ移動し、その先にある場所へ進んでいく。

「あ……っ、ちょっと、待って……。そこは……」

ショーツは穿いているものの、そんなところを見せるなんて……と抵抗する気持ちが消えない。

「希美。力抜いて」

「や……だ、そこ、恥ずかしい……っ」

「大丈夫だよ。見るのは俺だけだから」

なかなか力を抜けないでいると、体を包みこむように抱き締められる。そして何度も口づけをして、脚を開くようにねだられた。

「でも……」

「力を抜かないと痛くなる。ほら、肩の力を抜いて、息を吐いて」

さっきから体が強張っていることは気づいていた。驚きの連続でリラックスどころではなかったからだ。言われた通りに深呼吸をして、体の力を抜いてみる。

「こう……?」

「うん、上手だよ」

優しく褒められて照れくさく感じていると、ショーツのクロッチ部分を指先でなぞられた。布越しだというのに、触れられるだけでビクンと大きく体が跳ねる。

「あ……っ」

そこに触れられると、今まで感じたことのない気持ちよさが体中に広がる。もっと触れてほしいような気がして腰が浮いてしまった。

「希美、俺にキスしてて」

「ん……」

言われた通りに涼介さんの首に手を回してキスをしていると、彼の手がショーツの中に滑り込んできた。浅い茂みを通りすぎ、秘部から溢れる蜜を指ですくう。

「ああ……っ！　ん……」

「いい感じに濡れてる。よかった」

くちゅくちゅ、と蜜の音が鳴る。さっきからお腹の奥から痺れるような感覚がしていたのは、気持ちよくて濡れていたからだったのか。自分の体なのに知らないことばかりで驚かされる。

「これって……普通のこと？　私、大丈夫……なの……？」

「大丈夫。もっと濡れてもいいくらい。もっとほぐさないといけないから、触るよ」

耳元で囁かれる低い声にゾクゾクする。涼介さんって、こんなふうに甘く囁くんだ……。それだけでお腹の奥がきゅんと震える。

彼の指がゆっくりと動き出し、優しく媚肉を開くと、奥にある蜜をすくってみせる。

彼の指が動くたびに、いやらしい蜜音が響く。何度も表面をくすぐるように触れられていると、時折ビリッと電流が走るような感覚のする場所があることに気がつく。

「あ……っ、ああ……」

「ここ、痛くない？　もう少し触っても大丈夫？」

「痛くは……ない、けど……っ、あぁ……んっ、何か、変な感じで……」

そう、と私の答えに満足そうに微笑むと、彼は指でそこを刺激し始めた。絶妙な力加減で刺激を与えられていく。

「だよな。エッチな感じに膨らんできた。希美、もっと脚を開いて」

「ああ……ッ、待っ、て……そんなに、しちゃ……ああっ」

今まで味わったことのない感覚が体中に広がって、全部の意識がそこに持っていかれる。これ以上続けられるとおかしくなってしまいそうだ。知らない世界に連れて行かれるような怖さを感じて、涼介さんの腕を掴んだ。

「希美」

名前を呼ばれて、目を開いて彼のほうを見ると、もう一度キスされる。もっと全部を預けてほしいとお願いされるような口づけに絆されて、抵抗する力が緩まる。

「大丈夫、力抜いて」

ぬるぬるの指先で蕾を擦られて、私の腰はビクビクと痙攣した。さっきよりも水音が激しくなる。

「だめ……っ、涼介さん、これ……。ああっ、おかしくなっちゃいそ……だから」

「おかしくなっても大丈夫。俺のことを信じて」

「ああっ、んん……っ」

縋るように涼介さんの体に力いっぱい抱きつく。彼の体に密着していると、不安な気持ちが少し落ち着いた。どんなふうになってしまうのか心配だけど、涼介さんは私を傷つけたりしないことは分かっている。

「ああっ、あ――」

硬くなった陰核を弄られていくうちに、奥から何かがどんどん溢れてくる。垂れてくる蜜の源が何だか切なくて、でもどうしたらいいのか分からないでいると、彼の指が動き出す。

「指、入れるよ。ゆっくりするから、力まないで」

「あ、んん……っ」

入ってくるものをきゅううっと締め付けて、中が激しく蠢く。さっきまでどうしてほしいか分からなかったけれど、きっと私はこうしてほしかったんだ。涼介さんの指が入ってくるたび、気持ちよくて死にそうになる。

「大丈夫、ゆっくりするから。このまま力を抜いていて」

「あ……っ、でも……。んぁっ」

ゆっくりと指を抜き差しされて、少しずつ馴染んで溶けていく。

どうしよう、気持ちいい。

「指、全部入った。一本だから痛くない……よね？」

「う、うん。痛くない……」

「そうか。じゃあ、もう少し続けよう」

中に埋まった指をゆっくりと抜いて、また奥へ挿入していく。それを繰り返しながら、同時にくにくにと陰核を弄られ、少しずつ気持ちよさに慣れてきた。

「んん……っ、涼介さん……」

「ん？」

継続的にされるこの行為が気持ちよくてたまらないものの、ゆったりとした動きに慣れてくると、どこかじれったい。動かされるたびに中がさらなる刺激を求めて、ひくひく痙攣（けいれん）し始める。

「気持ちよくなってきた？　だんだん中が熱くなってきてる」

涼介さんの言う通りだ。私の中は熱くて、今にも溶けてしまいそうになっている。じっくりと中をほぐされて、確実に一段ずつ昇り始めていた。

涼介さんは私の頬にキスをしたあと、体から離れた。どこに行くのだろうと目を開くと、脚の間に体を入れて内ももに顔を近づけていた。

「涼介さん……？　あの、何を」

「希美のここを舐めようと思って」

「え……っ」

そんなところに顔を近づけないでほしいと体を起こした瞬間、彼は容赦なく蜜口を舐め始めた。全身が震えるような衝撃と、初めて味わう快感。体から力が抜けてしまうほど気持ちよくて、泣いてしまいそうになる。

「あぁ……っ、ん、んん……！」

いくら気持ちいいからといって、涼介さんにそんなことをさせられない。すぐに離れようとしたものの、腰を掴（つか）まれていて動けない。逃げようとすればするほど、激しく愛撫されて腰が砕けそうになった。

「ダメ……っ、こんなこと、させられない……っ、ああ」

「大丈夫。俺がしたいと思ってしてることだから」

でも……！

そんなところを舐めるなんて、涼介さんは嫌じゃないの？

初めての連続で、今までの自分が無知すぎたことを実感する。恥ずかしさと気持ちよさで、どうにかなってしまいそうだと涙を浮かべながら彼の姿を見つめた。

いつもクールな涼介さんが、情熱的に愛撫している姿にゾクゾクする。欲情していると分かる息遣いと妖艶（ようえん）な眼差し。今まで、男の人にこんなにドキドキしたことはない。

「……何を見てるの？」

「え……っ」

「俺のこと、じっと見てるでしょ。そんな余裕があるんだ？」

「あ……っ、いや、そんなことは、なくて……」

体を起こした涼介さんは、不服そうな表情を浮かべる。

「そんなに余裕なら、こっちが見られないくらい、もっと激しくしようか」

「ちが……っ、涼介さん、のこと……見たかった……だけで……あぁ！」

涼介さんがどんなふうに愛撫しているのか見ておきたかった。今日は最初で最後の夜になるだろうから、一生の記念に目に焼き付けておきたかったのだ。
「じゃあ、いっぱい見ていい。だから、たくさん舐めさせて」
「ああ……っ、あん、あぁ……！」
じゅる、と淫猥な音をたてて、再び口淫が始まる。さっきより激しくなったせいで、
全身の力が抜けて体を起こしていられなくなる。そこが溶けてなくなってしまうんじゃ
ないかと思うほど執拗に舐められたあと、舌が中に入ってくる。内側まで舐める舌先に
とろけそうになった。
「もう……っ、だめ……ぇ、涼介、さん……！」
これ以上されたらおかしくなる。頭が正常に働かなくなってきて、目の前が霞む。昇
り続ける体を制御できず、このまま流れに身を委ねるしかできない。
「あぁ……っ、ん、ああ――」
お腹に強い力が入って、ビクビクと何度も震える。気持ちよさの先に行ったみたいで、
それが終わったあと、ぐったりと力が抜けた。
「気持ちよかった？」
「……うん」
力が抜けたままベッドに沈む私の頭を撫でて、涼介さんは優しく微笑む。その笑顔を
見ると、今、私は大事に扱われているんだなと安心感が増す。

そのあとも、ゆっくりと全身への愛撫が続く。マッサージするみたいに肌を撫で、私の小さな反応をも見逃さず、気持ちいい場所をひとつひとつ見つけていく。

「希美の体は、反応がいい。気持ちいいと表情に出て可愛いよ」

「ほん、と……？」

「うん。きっともっと気持ちよくなれる」

こんなに時間をかけてもらえるなんて思ってなかった。裸でいることにも慣れ始め、一緒のベッドで抱き合ったり、キスしたり、肌と肌を合わせているうちに、体がどんどん熱くなっていく。

「涼介さん……」

もう何度キスをしたことだろう。今日初めてしたばかりなのに、一生分したんじゃないかと思うほどたくさんしてる。体が汗ばむくらい熱くて、さっき舐めてもらっていた場所が切ない。

これは何……？

さっきたくさん触ってもらったのに、まだ足りないの？　確かに今まで味わったことのない気持ちよさだったけど、もう一度してほしくなるなんて、私変なのかな……？

でもそれをどう伝えていいか躊躇(ためら)っていると、彼が私の上に覆いかぶさった。

「そろそろ欲しくなってきた？」

そう質問されて、私は自覚した。長い時間をかけて愛撫をしてもらっていた場所に、漠然と何か欲しい気がしていた。それは涼介さん自身だったのだと気づき、恥ずかしくてたまらなくなる。

経験がないくせに、そんなことを思っていたなんて……

「脚、開いて。……そう。ゆっくり息を吐いて」

言われた通りに深呼吸をして体の力を抜くと、涼介さんのものが脚の間に宛がわれた。そこがどんなふうになっているか直視できないでいたものの、すごく硬いことが伝わってくる。

ついにひとつになるんだと緊張していると、頬に手を添えられて唇を奪われる。夢中でキスに応(こた)えている間に、それはゆっくりと入ってきた。

「ん……んん……！」

ついにこの時がきた。緊張が高まった私は、彼の体に手を回してしがみついた。

大丈夫。涼介さんにされるなら、怖くない。

腰を落とされて痛いというより、苦しい感じがする。味わったことのない質量のものが自分の中に入ってきてこじ開けられる感覚。全てを支配されているようで、彼のことを受け入れてあげているような。だけど、たくさん愛撫してくれたおかげで、痛みは少なく最後まで受け入れることができた。

「入った……。大丈夫？　痛くない？」

「ん……。大、丈夫……」

涼介さんは頬を撫でながら、甘い声で私を心配してくれる。そういうの、絶対だめだよ。勘違いしそうになる。

すごく愛している恋人にするみたいな態度を取るなんてズルい。

彼の大きさに馴染むまで、キスばかりしてじっくり時間をかけてくれる。じんじんと繋がった場所が熱くなってきたところで、彼は私の顔を覗き込んできた。

「希美……目を開けて」

「うん」

涼介さんに言われた通り、目を開いてみる。すると目の前に彼の顔があって、温かな眼差しと視線がぶつかった。

「少し動いてみてもいい？」

「う、うん……」

承諾したものの、動かれるとどうなるか不安だった。だけど、ずっとこのままでいるわけにもいかないと思った私は、彼の腕にしがみつく。

「希美、こっち向いて」

名前を呼ばれて顔を涼介さんのほうに向けると、またキスをされた。

涼介さんって、キスが好きなのかな。酸欠で朦朧とするほど唇を重ねていて、正常な判断ができなくなる。最奥まで埋まっていたものが引きずり出されたので、抜かれるのかと思い体の力を抜くと、再び根元まで挿入された。

愛液でぬるぬるした場所は、動くたびに甘美な音をたてる。とめどなく蜜が溢れて潤っていることを知って恥ずかしくなった。

私……初めてなのに。こんなふうになっていて、いいの……？

涼介さんが上手だから、いっぱい濡れているの？　それとも、こういうもの？

どちらにしても、彼が動くたびにいやらしい音がして繋がっていることを強く実感させられる。

「希美のここ、だんだん馴染んできた。俺のをいい感じに締めてる」

「ん……んん！　……あぁっ」

まだ終わりじゃないんだ……。

ゆっくりと抜き差しされていたが、次第にベッドのスプリングが軋む音が激しくなってきた。体全体が揺れるほどの律動を感じながら、彼から与えられるキスに必死に応える。

「りょ……すけ、さん……っ、はげし……」

「こんなの、まだまだ。かなり優しくしてる」

そうなの？　これでも随分激しいと思っていたのに、これって全然なの……？

涼介さんの屹立が中を擦るたび、さっきまでと違う感覚が生まれてくる。そして、下腹部が鈍く痺れるような衝撃が次々とやってきた。

「あ……っ、あぁ……ん、涼、介さん……っ、もう……っ」

もうこれ以上しないで。おかしくなりそう。

未知の感覚に怯えながら、この行為を制止しようとしても、色欲に溺れた涼介さんは私を離そうとしない。

「だめだ、離さない。希美の中に……最後までいさせて」

なんて色っぽい言葉なんだろう。きゃあ、と叫んでしまいそうな言葉を囁かれて、完全に拒めなくなった。

額に汗を浮かべながら、私の体を求める涼介さん。男の欲望を剥き出しにして求めてくる姿がセクシーで、もうどうなってもいいと思ってしまった。

男の人って、興奮したらこんな感じになるんだ……

切羽詰まったような切なげな表情に胸がときめく。

さらに制御不能になった涼介さんに穿たれ続ける。すると、さっきまでの苦しさが消えて、下腹部が熱で溶かされていく感じがしてきた。

「や……ああ、涼介さん……っ！」

未知の感覚に襲われて、彼の体に必死にしがみつく。ぎゅっと抱き締められながら、大胆になっていく抽送に溺れた。

　クライマックスは嵐のように激しくて、全てを彼に奪われていくようだった。

4

──十二月二十七日。

　今日は年内最後の勤務日。仕事納めの今日は、取引先に年末の挨拶を済ませ、年内にやっておくべき仕事を片付けていた。でも、勢いに乗っているときは捗るのに、ふとした瞬間に手が止まる。

　クリスマスイヴの夜のことを思い出すと、どうしてもぼうっとしてしまうのだ。

　一晩過ごした日。お互いに次の日仕事があるにもかかわらず、朝まで一緒に過ごしてしまった。早朝にチェックアウトして、タクシーで自宅に帰って身なりを整えて出社したものの──前日の余韻がすごすぎて、完全に使い物にならない。そんな私の首には彼から送られたネックレスが光っていた。

「控えめに言って、最高だ……」

　めくるめく初夜もそうだが、夫婦水いらずで過ごしたクリスマスデートの完璧さったらない。

「はぁ……」

男性と迎える初めての朝。涼介さんは、私の髪を撫でながら、「そろそろ起きようか」と甘い声で囁いた。あまりの眩さに驚いて言葉が出なかった。

初体験自体も大変素晴らしく、男性不信気味だった私にとって最高の夜だった。私の上で切ない表情を浮かべる涼介さんを思い出すと、体温が急上昇して全身の血が沸騰しそうになる。

『希美……』

吐息混じりの声で名前を呼ばれたシーンが蘇る。

あれはダメ、反則だ。格好いいのに可愛いなどと、相反する感情が生まれるのだから訳が分からない。

そもそもクリスマスプレゼントに「初めてが欲しい」と言われたけれど、本当にそれでよかったのだろうか。実は別に欲しいものがあったけれど、高価なものだから遠慮して私を選んだだけだったりして。

そう考えると、涼介さんは満足しているのかな？

『離さない。希美の中に……最後までいさせて』

激しく求められながら囁かれた言葉。今思い返しても、すぐに熱を取り戻しそうなほど刺激的だった。

「ああ……もう、だめだ」

……でも大丈夫。この興奮した状態も時間が経てば消えていくはず。次に会うのは早くて一ヵ月後だろうから、その間に落ち着きを取り戻していつもの私に戻るんだ。

そして処女ではなくなったので、今後別れたとしても「夫婦の営みはあった」と言い切れる。

だからもう気にしないと何度も思うのに、こうして思い出してはあれこれ考えて動揺する。この熱はいつ冷めるのやら、とため息をついて、再び目の前の仕事に手をつけた。


「一年間、お疲れさまでした！　来年も皆で頑張っていきましょう」

仕事を終えたあとは、グレハティ全体の忘年会。全社員が参加するため、レストランを貸し切りにして、豪華なパーティが開かれる。

さすが健康食品などを扱う会社なだけあって、メニューはオーガニック野菜中心のコースだった。野菜本来のナチュラルな美味しさを追求した料理はどれも絶品で、皆満足していた。

同じテーブルについていた西野さんが、急に私のほうに体を向ける。

「希美さん、二次会行きますよね？」

「え、あー……、うん」

二次会か。いつも飲み会があっても一次会で帰ってしまうことが多いけど、今日は忘年会だし、たまには参加しようかなと心が揺れる。参加するメンバーも気心の知れた同期や後輩だから楽しそうだ。

「もしかして、旦那さんが待ってます？」

「え……っ」

「ですよねぇ、新婚さんだもんなぁ。遅くまで飲み歩いていたら心配されますよね」

いやいやいや、と胸の前で手を振る。涼介さんとは一緒に住んでいないから、心配されることはない。それに、お互いに普段の生活に干渉もしていない。

今だって、彼が何をしているか知らないし。

そう思った瞬間、心の中がもやっとした。

涼介さんは、明日から休みなのかな。年末年始はどう過ごすんだろう。それより、今は何をしているのかな。クリスマスイヴの夜のことを思い出して、あのときのようなデートを他の女性としているかもしれないと想像すると、少し気分が落ちた。

「……希美さん？」

「え、ああ……ごめん。行くよ、二次会」

「本当ですか！　嬉しいです。じゃあ、今からお店予約します」

一次会が終了し、それから西野さんお勧めのシュラスコ専門店に行くことになった。

二次会メンバーは、前部署の男女合わせて六人。一次会のお店のワインやシャンパンも上品で美味しかったけれど、いい感じに騒がしいこの店のほうが、気を張らずに楽しめそうだ。

全員、生ビールで乾杯した。

「今年も忙しかったですね～。来年から新しい商品を展開するって言っていたし、大変になりそうですね」

「確かに。海外支社を設立して、事業を広げるみたいだし。俺たちの中でも転勤する奴が出てくるかもなー」

そうやって最初は仕事の話をしていたのだけど、いつの間にか話題はプライベートな話へ変わっていく。後輩の女性から、彼氏が欲しくて婚活パーティに参加した話が出てきた。

「でも全く成果なしです。はぁ……私、どうやって出会ったらいいんですかー」

婚活パーティに参加しても出会いがないと嘆く後輩が、私の同期の山内くんに話題を振る。山内くんは、いつも口数が少なくクールな男性。でも周りをよく見ていて、さり気なくフォローしてくれる、頼れる同期だ。

「……山内さんはどうなんですか？　彼女いるんですか？」

「いないよ。っていうか、別に特定の人なんていらなくないか？」

「なんでですか。デートしたり、イチャイチャしたりしたいじゃないですかぁ！」

そういえば、今まで山内くんから恋愛の話を聞いたことがなかった。だけど彼のキャラらしい答えに、なんとなくしっくりきてしまった。彼氏が欲しいモードの後輩は、山内くんの腕を悔しそうに叩く。

「彼女とか面倒だよ。恋人じゃなくても、一緒に過ごす相手はいるだろ」

「え？」

「そういうことをするだけの人を作ればいいじゃん」

「ええー、嫌です。セフレじゃないですか！　そんなの、虚しくなります」

「そうか？」

ふたりの会話を聞いて、ビールジョッキを握る手に力が籠る。そして思わず会話に入ってしまった。

「山内くんって、その……セフレいるの？」

「……さぁ。どうだろ？」

「山内さん、あやしー！　その返事は絶対いるでしょー」

山内くんの曖昧な返事に周りがどっと沸く。

いつも一緒にいた山内くんが、全然知らない人みたい。恋愛に飽きたとか面倒くさいとか言う彼は、私よりも遥かに恋愛経験値が高くて別次元の人に思える。

山内くんにセフレがいても構わない。私には全く関係のない話だけど、どこか他人事とは思えない。

彼が言っている「恋愛は不要だけど、セックスをする相手がいる」というシチュエーションが涼介さんと私と同じだからだ。

「鈴村は、そういうことに無縁の人だろ。そういうの、できなそう」

「う、うん……。まぁ、そうだね……」

そうだった。そうだったんだよ、この間までは！

夫婦になってもお互いの生活は今まで通りなのに、初体験をしてしまった。そのせいで、冷静を装っていても急に激しく動揺するときがあるし、あの夜を思い出して恥ずかしくなったりドキドキしたりと忙しい。

「なんでそんなに気にしてるの？　もしかして、興味ある？」

「へぇっ⁉」

「山内～、さすがに新妻の希美は興味ないでしょ」

山内くんの言葉にすかさず他のメンバーがツッコむ。

興味あるっていうか、私が今、その状況で……。契約結婚した旦那さんと、これからも偽装夫婦としてやっていかないといけないのに、一線を越えてしまったせいで調子が狂っている。

「じゃあ、旦那さんにセフレがいたとか？」

「そ、そんなわけないじゃない」

だから、それが私で――

話がややこしくなるから言わないけれど、妻の私がセフレみたいになってしまったという、複雑な現状。それを悟られないように、話題を変えようとしたとき、西野さんに話しかけられた。

「……で、希美さんはどうなんですか？　新婚生活」

「うん、気になる！　藤ヶ谷さんが家でどんな感じなのかとか、鈴村さんがどんな奥さんなのか」

変な方向に話がいって、ビールを噴きそうになった。興味津々の後輩たちにキラキラした目を向けられて居たたまれなくなる。

「家に帰ってきて、あの藤ヶ谷さんがいるなんて眼福すぎません？」

「本当に羨ましい！　希美だけずるい～～」

そこに同期の女性まで混ざってしまって、収拾がつかなくなってしまった。

あはは、と笑って誤魔化してビールを呷る。

家に涼介さんはいないんだよ！　と思いながら次のアルコールを注文して、いつも以上に飲むペースを上げていった。

あの夜だけの出来事と割り切ることができないのは、完全に私の経験不足のせい。もっと恋愛慣れしていれば、きっとうまく切り抜けられるのに。

涼介さんは、どう思っているんだろう。私みたいにモヤモヤしたりしていないよね。

こんなふうに悩んでいるのは、きっと私だけ。

＊＊＊

「お帰りなさいませ、藤ヶ谷さま」

タクシーを降りてマンションのエントランスに入ると、目の前には大きなコンシェルジュカウンターがある。

深夜帯勤務の男性コンシェルジュたちが俺の帰りに気がつき、丁寧に挨拶(あいさつ)をしてくれる。年末年始や時間帯など関係なく仕事なのかと思い、頭が上がらない思いで彼らに挨(あい)拶(さつ)を返す。

今日、十二月二十七日は仕事納めだった。今年もよく頑張ったと社員たちを労(ねぎら)い、仕事が終わったあとは忘年会を開いたのだ。だが二次会は参加せず、先に帰宅することにした。

「コーディ、電気つけて」

そう言うとリビングの照明がつく。うちの家にある家電製品は全てＩｏＴ連携していて、声をかけると反応してくれる。お風呂を沸かして、テレビをつけて、エアコンをつけて、とあれこれ注文すると忠実に動くのだ。だから何不自由ない生活を送っているけれど、何か物足りない。

ひとりで気ままに暮らし、誰からも干渉されず、自由な時間を過ごせる。望んだことなのに、どこか寂しくも感じる。

「ただいま」と言って応えてくれる相手がいない。

テレビから聞こえてくる笑い声だけが響く部屋の中で、黙々とスーツを脱ぎながらバスルームへ向かった。シャワーを浴びてリビングに戻ってくると、スマホにメールが届いていた。

誰だろうと見てみると、地元の友人から飲み会の誘いだった。

「明日って……また急だな」

こいつはいつもそう。毎回こんな感じで飲み会をセッティングしてくる。年末には必ず忘年会を開催して、地元の仲いい奴らが集まるように幹事をしてくれるのはありがたいが、いつも急なんだよな。

とは思うものの、明日から年末年始の連休に入るし特に予定もない。参加しようと思った瞬間、追加のメッセージが届く。

『あの可愛い奥さん連れて来いよ。俺らも彼女を連れて行くから』

可愛いは余計だろ、と褒められているのにムッとしてしまった。こいつも他の奴らと同じで希美のことを変な目で見ているんじゃないかと警戒する。

俺たちの地元のメンバーは六人。俺を含めて二人が既婚者で、三人が彼女持ち、あとひとりがフリー。フリーの奴は遊びまくって本気の子がいないだけだから置いておいて、彼女持ち三人はそろそろ結婚しようと考えているみたいだし、パートナーを含めての飲み会が増えてきた。

男だけの集まりから、家族ぐるみの集まりに変わりつつある。希美と結婚してから二度ほどその場に連れて行ったことがあったが、上手に馴染(なじ)んでくれていた。

明日急に誘ったら迷惑だろうかと考えるが、これも「妻としての仕事」のはず。きっと引き受けてくれるに違いない。

スマホ片手に頭を悩ませながら、ソファに座って背もたれに体を預ける。

「今、何をしているんだろう」

壁にかかっている時計を見ると、時刻は二十三時だった。もう寝ているかもしれないと思いながらも、一応連絡を入れてみる。

『明日の夜、友人の忘年会がある。急で悪いが一緒に来てほしい』

そうメールしたのに、なかなか返事が来ない。やっぱり、もう寝ているのか？

ふとグレハティの担当者から年末の挨拶のメールが来ていたことを思い出し、スマホで仕事用のメールボックスを確認する。すると今日までが営業で、明日から年末年始の休みに入ると記されていた。

「もしかして……」

グレハティでも忘年会が行われているのかもしれない。だから俺からのメールに気がつかない、ということか。俺は二次会を断って帰ってきたが、希美は上司に連れられて二軒目、三軒目とはしごしている可能性がある。

とはいえ、希美は既婚者だ。上司が既婚女性を夜遅くまで連れ回すとは考えにくい。じゃあ誰だ？　同期か後輩か？　相談があるんだと持ち掛けられて、ふたりきりで飲んでいるとしたら……

泥酔した隙を狙って、一緒にいる男が手を出したら。

いや、一緒にいるのが男だとは限らないだろう。女性の場合だってある。何を心配しているんだ、俺は。

いつからこんな妄想癖がついたんだ、と邪念を振り払う。とはいえ、気になってきた俺は、希美に電話をかけていた。

何度かコールをしていると、通話モードに切り替わる。

『鈴村、旦那さんから電話かかってきているぞ、ほら』

遠くで男性の声が聞こえてきて、思わずムッとする。背後が騒がしくて、やはり想像した通り外にいるようだ。

それに、鈴村って……。希美の苗字は藤ヶ谷だ。まだ旧姓で呼ばせているのかと癪に障った。

「もしもし、希美？」

『お疲れさまです〜。鈴村です！』

いつもよりテンションの高い希美のあとに続いて『今は藤ヶ谷でしょ』と女性の声が聞こえてきた。男性だけでなく、女性もいるのか。男性とふたりきりでなかったことに、少しだけ安心する。

「今どこにいる？」

『えーっと、ここどこですっけ？』

何で分からないんだ、と言いそうになるが、黙って質問の返事を待つ。周囲にいる社員に聞いて場所が分かったところで、再び話しかけられる。

『えっと、三軒茶屋のパルバージルっていうシュラスコ専門店です。すーごく大きなお肉があって、美味しかったんですけど、二次会だからお腹いっぱいで』

若干呂律の回っていない希美の話を聞いていると、なぜかイライラしてきた。会社の付き合いもあるし、今日は仕事納めだから遅くなることは理解できる。

でももう少ししたら電車もなくなる時間だ。そんな酔った状態でどうやって帰るつもりだ？


「終わる時間になったら、俺に連絡して。迎えに行くから」

『いやいや、大丈夫です。ひとりで帰れますよ』

「だめだ、迎えに行く。会計が始まったら電話するように」

『でも……』


何度か押し問答が続いたが、結局迎えに行くことで話は決まった。

希美はしっかりしていると思っていたが、少々危機管理能力が欠けているのか？

タクシーを使うにせよ、こんな時間に女性がひとりで帰るなんて危ない。しかも酔っている。本人は大丈夫なつもりでも、男に何かをされたら負けてしまう。

グレハティの社員に悪い奴はいないと信じたいが、万が一のことを考えると放ってはおけない。


——それから一時間後。

今から帰ります、とメールが入ったので、希美のいる店の近くへ向かった。というか、電話を切ったあとすぐに家を出て、タクシーに乗って近くまで来ていた。何時になるか分からないので、深夜営業しているカフェに入って時間を潰していたのだ。

店へ向かうと、希美と一緒に飲んでいたグレハティの社員たちが俺のことを待っていた。

「藤ヶ谷さん、お疲れさまです。こんな時間まで奥様をお借りしてすみません」

「いえいえ、こちらこそ夫婦共々いつもお世話になっています」

上司はおらず、同僚たちと飲んでいたようだ。その中に立っている希美は、頬をピンクに染めて、とろんとした瞳でこちらを見ていた。

「涼介さん、迎えに来てくれてありがとう」

「いいよ。さ、帰ろう。皆さんも気をつけて帰ってくださいね。では、お先に失礼します」

周囲に挨拶をして、俺は希美の傍に寄って歩き出した。

こうして仕事の格好をした彼女と会うのは久しぶりだ。上品なベージュのコートに、ハイネックのニットが見えている。そして仕事を終えたあとだからか、いつも纏めている髪が下ろされていた。くるんとカールした毛先が歩くたびに揺れる。

黒のパンツスーツにパンプス。俺がいつも見ていた希美がそこにいる。

しかし今まで見たことがないような緩んだ顔をしていて、時折俺のほうを向いてにこっと笑う。

足もフラついていて、俺に寄りかかって歩いているので結構酔っていることが分かる。

タクシーに乗せると、俺の肩にもたれてすぐに眠ってしまった。

「おいおい、こんな状態で、よくひとりで帰ると言ったな」

しっかり者と認識していたが、こういう一面もあるのかと初めて知った。結構ガードが緩(ゆる)いことに心配が大きくなる。

とりあえず、希美の家に連れて帰ろうと、彼女のマンションに向かう。下車するころに何とか覚醒し、部屋の中まで無事入ることができたのだが……

「はあ〜〜、疲れたぁ」

リビングに入ると、希美はコートとジャケットを脱いだ。そして腕時計やネックレス、ピアスを外していき、ふわふわのラグの上に座る。

希美の部屋に初めて入った。家具はナチュラル系のものが多いが、小物やアクセントにピンクや白のファーなどがあって、案外可愛い雰囲気で驚いた。ベッドも淡いピンク色だし、枕の傍にはかわいらしいマスコットのぬいぐるみが置いてある。

綺麗に整頓されていて、きちんとした生活を送っている人なんだなと感じた。

「今日は、迎えに来てくれてありがとぉ。嬉しかった」

「え?」

「今までこんなことしてもらったことなかったから、嬉しい。ふふ」

え、ええ……?

頬をピンクに染めた、とろとろの表情で俺を見上げて嬉しそうに話す仕草が、いつもの希美と違って驚いてしまった。

「男の人と付き合ったら、こんなふうにしてもらえるものなの？　すごいよね、ドキドキしちゃった」

男性に、帰りが遅いからと心配して迎えに来てもらったことなんて、今まで一度も経験がなかったと言う。だから今日俺が迎えに行ったことが、新鮮で感動したらしい。

興奮気味に嬉しかったと何度も何度も話してくる。

何だ、これは……。めちゃくちゃ可愛いじゃないか。

しっかり者の希美から可愛らしいところがどんどん出てきて、言葉に表せないほど高揚した気持ちになる。

酔って饒舌（じょうぜつ）になっている彼女に近づき、俺もラグの上に座る。向かい合って希美の顔を覗（のぞ）き込み、手を伸ばして頬に触れてみた。

希美のふにふにの柔らかい頬を撫でると、彼女は気持ちよさそうに体を震わせた。その表情を見ていると、もっとしたくなる。

「……そういうことをするのはよくないよ。からかわないで」

もう、と俺の腕をぽんと弱い力で叩く。その手を握って希美の顔を熱く見つめると、彼女は恥ずかしそうに見つめ返してきた。

「酔ってる希美、可愛いな。いつもこんなふうに甘えてくれればいいのに」

「可愛くなんてないよ。甘えてない」

「こっちおいで」

手を伸ばして彼女の体を引き寄せると、力の入らない様子の希美は俺の腕の中に収まった。細くて小さな体をぎゅっと抱き締めると、胸元で嬉しそうに頬ずりをする仕草が愛らしい。

「涼介さんって、いつも……こんな感じなの？」

どんな表情で質問しているのか気になって、体を離して顔を覗き込んでみる。とろんとした瞳は涙で潤んでいた。それが酔いのせいだとしても、初めて見る表情にドキッとしてしまった。

「こんな感じとは？」

「女の子に、気を持たせるようなこと、するの。……こういうの、勘違いされるよ」

希美の目には、俺が無意識に気を持たせるようなことをする男と映っているようだ。バカだな、誰にでもするわけがないだろう。近寄ってくる女性を牽制したくて結婚したのに、誰彼構わずこんなことをするはずがない。

「希美は勘違いしそうになってるの？」

「………なってない」

少しの間を持たせて、否定される。でもその表情は微かに動揺していて、必死に抵抗しているように見えた。まだ完全に俺に落ちていないことに、悔しくなる。

「そう、残念だな。勘違いしてもいいのに。希美は俺の奥さんだろ?」

俺は希美の体を押し倒して、キスをしながら服の上から体に触れた。タイトなニットを押し上げている形のいい胸を揉むと、柔らかくて興奮が増す。希美と寝て以来、もう一度触れたいと望んでやまなかったところだ。

「……だめ。そんなこと……しちゃだめだよ」

「なんで?」

「だ、って……私たち、形だけの夫婦でしょ……?」

確かに俺たちは偽装夫婦だ。自分たちの自由な生活を手に入れるために既婚者になりたくて、籍を入れただけの間柄。それなのに、一線を越えてしまって境界が曖昧になってきている。

絶対に手を出さないと思っていたし、希美もそれを望んでいないと思っていた。けれど、あの夜希美の全部を知ってから欲が出てきた。

――もっと希美を知りたい。

どんな小さなことでも、希美のことを知りたいと思うようになっていた。どんな狡い手を使っても、妻を手放したくないと思い始めている。

「形だけの夫婦じゃ嫌?　それなら――」

「セフレだよね?」

「……は?」

恋愛経験がないと言っていた希美から、セフレなんて言葉が出てきたので驚いて言葉を失う。言いにくそうに口ごもりながら、希美は話を続ける。

「私たちは夫婦だけど、好きとかなしの、割り切った関係のセフレってことだよね……?」

念押しするように、何度も聞かれると何も言えなくなった。

ここにきて俺たちの関係を確かめておきたいということだろうか。

希美は男性のことを信用していない。男性に嫌なことばかりされて、嫌悪しているところがある。

先日俺たちは体の関係を持ってしまったが、それはシンプルに体を重ねただけ。だから、セックスを目的にしただけの関係だったんだよね? と確認されているのだと理解する。

もしお互いに恋愛感情などを持ってしまうと、俺たちの関係が破綻(はたん)する。お互いを縛らず、婚姻しているという事実が欲しいためだけに結んだ契約なのだから、感情を絡ませた時点で終わるということなのだろう。

希美は都会暮らしがしたいし、仕事を続けたい。自立した生活を送りたい。恋愛を望んでいない。

全てはそこだ。

「そうだって言ったら、納得してくれるの？」

「う……。まぁ、そう……だね」

「でもさ、形だけの夫婦だけど、お互い求めていることが同じなら、セックスしても問題ないんじゃない？」

恋愛などいらない――そう希美が望むなら、それでいい。軽い関係のままでいたいなら、それでも構わない。

その代わり、俺のことを欲しくてたまらなくなるまで、しっかりと躾ける。今はまだ、そこまで想われていないことは仕方ない。これからじっくり追い詰めて捕まえてみせる。

「求めていることが、同じって……？」

「希美と俺が求め合うなら、セックスをしてもいいってこと」

理由はどうであれ、ふたりが同じ熱量で求めるのなら、体を重ねても問題ないはずだ。

俺たちは夫婦で、体の関係があっても問題のない間柄なのだから。

「希美は経験が少ないだろ。まだまだ男のことを分かってない。この前一度したとはいえ、あれがセックスだと思わないでくれよ」

「……え？」

「あれは君が初めてだから、ゆっくりしただけで、セックスの本来の姿じゃない」

初めてだったから、傷つけないように細心の注意を払いながらした。これ以上ないくらいに大切に扱って、痛くならないように徹したものだった。慣れれば、自ら俺を欲しいと思うようになるかもしれない。

「だから、もっと練習しないと」

「ええっ」

希美の膝の下に手を入れて、ぐっと抱き寄せて立ち上がる。お姫様抱っこをされて驚いていたが、酔っているせいでうまく抵抗できない彼女をそのままベッドまで運んだ。

「あの……もう、大丈夫だよ。私、そこまでセックスに執着してないし……この前ので充分――」

「ダメだ。あれが俺のセックスだと思われたら困る。名誉に関わる」

「何の名誉……っ？」

逃げ場を失った希美は、慌てふためいている。その様子を見ていると面白くて、いじめたい気持ちが止められない。

俺のことに興味がないなんて言わせない。もっと意識させてやる。

ベッドから逃がさない、と彼女の細い腰を引き寄せた。

＊　＊　＊

「涼介さん……っ、あの……！」

話をしようと口を開いた隙を狙って、彼の舌が滑り込んでくる。口腔を味わうように動き、舌を激しく絡められた。これをされると、お腹の奥がきゅんと震えて熱くなるのを止められない。

涼介さんのキスは気持ちいい。酔いも相まって、ふわふわとしてきた。体の力が抜けていくようだ。

「ん……んぅ……」

夢中でキスをしている間に、彼の手が太ももあたりをまさぐり始める。今日はパンツスーツだ。どうするんだろうと思っていると、簡単にファスナーを下ろして中に手を忍ばせた。

「ひゃ……ぁ、あん……」

ショーツの中に入ってきた指が、蜜口を優しく開く。

「……濡れてる」

「や、涼介さん……っ、待って」

彼の指先がいたずらに動く。表面をくすぐるように触れたあとは、奥から湧き出てくる蜜をすくってわざと音をたててくる。静かな部屋の中にくちゅくちゅといやらしい音が響いた。

その間も、彼は私の頬や首すじをついばんでは、うっすら汗ばんでいる肌を美味しそうに舐める。

「この前は初めてだったから、すごくきつかっただろ？　こうして慣らしておかないと、次も痛いままだ」

「つ、次……なんて……っ、あぁ……っ、もう」

この前のは、最初で最後のセックスのはずだ。私が一度もしたことがないから、相手になってくれるという話だったじゃない。定期的にするつもりなんてないのに。

「本物を知らないと、本当にいいものかどうか分からない。希美は男のことを知らなすぎる。そんなんじゃ、男が本当に必要ないのかどうか判断できないよ」

それはセックスに限らず、あらゆる物に対しても同じだ。その物の本質を知らないと、必要か必要でないかの判断が難しい。涼介さんは、そういうことを言っているのだと理解する。するけれど……！

「でも……っ、だめ。涼介さん、ってば……」

どうにかしてやめてもらおうと、涼介さんの胸を押してもビクともしない。それよりも彼の指が奥へ進み、根元まで埋められてしまった。

「あ、ぁう……っ、だ、め……。あぁっ」

「指だったら、スムーズに入るけど……でもまだ狭いな」

筋張った太い指の存在感をひしひしと感じる。入れたまま中を探るように動かされて、ヒクヒクと腰が揺れる。そのうち、内側のある場所を撫でられると、今までとは違う感覚が全身に走った。きゅうっと膣内が締まり、一気に興奮が高まる。

「あ……っ！　ん、あ」

「ここだ。……見つけた」

口角を吊り上げて嬉しそうに微笑んだあと、涼介さんはパンツとショーツを脱がせて指を動かし始めた。さっきよりも蜜音が激しくなり下半身に熱が集まり出す。

「だめ……っ、や……ぁ、あぁぁっ」

「いっぱい濡れてきた。すごい音……聞こえる？」

じゅぷ、じゅぷ、と泡立つみたいな激しい音が鳴っているのが聞こえ、羞恥心で体が熱くなってくる。こんな痴態を晒していることが恥ずかしくてたまらないのに、気持ちよくてどうにかなってしまいそう。

「痛くない……よね？　こんなに濡れてるし。中がとろとろになってきた」

「や……っ、もう、やめ……ああんっ」

どんどん指戯が激しくなって、内側のいいところを執拗に嬲られていく。中が収縮し始めて上手く話せない。

「いや……っ、何か、おかしく……なっちゃう……、あ、もう……やぁ……ッ」

触れられているところがジンジンして意識が朦朧（もうろう）としてくる。何度も中が痙攣（けいれん）して腰が浮く。このまま続けられたら、変になってしまうと危機感を覚える。

涙を浮かべながら涼介さんのほうを見ると、彼と目が合った。

「……本当に？」

「え……？」

「触れられるのも嫌なくらい、本当に嫌？　今すぐやめたほうがいい？」

やだ、やめて、と何度も言っていたけれど、指の動きを止められると、中が物足りないとヒクつく。

「俺、一応、希美の旦那なんだけどな。どうしても嫌なら無理強いはしない」

「いや、それは……」

「そうなると、触れられるのも嫌な男と結婚なんて続けていけないよな？」

少し悲しそうな表情で見つめられる。でもその表情の奥に彼のいじわるな一面が見え隠れしているような気がして、どんどん追い詰められる。きっと嫌がっていないことを知ってる。離婚を匂わせて私を追い詰めてくる。

私が涼介さんのことを嫌がっていないことも、離婚したくないと思ってることも分かってるくせに——

「ねえ、希美。本当にやめたほうがいい？」

「う……」

「希美が続けていいって言ってくれたら、続ける」

少しだけ指が動いて、内側のいい場所を擦る。それだけでビクッと体が揺れるほど感じてしまう。

「希美。教えて」

「あ……っ、だ……めぇ……」

「本当に？　ここはこんなに気持ちよさそうなのに、抜いていいの？」

彼の指先は蜜が滴るほど濡れている。それなのにやめてほしいなんて、言葉のほうが説得力がない。体がこの先を望んでいる。今ここで中断されたら、そっちのほうが辛いだろう。

「……っ、や……じゃ、ない……」

「本当？」

こくんと頷くと、涼介さんは私の頬を撫でて優しく口づけた。そして宙に浮いていた私の手を捕まえて、指を絡ませる。そして追い込むように、中に入れている指の動きを速めた。

「あ……あぁっ、あ、アァッ、んん――！」

目の前が真っ白になる。何も考えられなくなって、私は導(みちび)かれるまま絶頂を迎えてしまった。

はぁはぁと、荒い呼吸を繰り返している間に、涼介さんは体を起こしてベッドを離れた。離れてしまうことに心細さを感じていると、戻ってきた彼は私の脚を開き、蜜で溢(あふ)れた場所をじっと見つめてきた。

「だめ……っ、そんなところ、見ないで」

急いで脚を閉じるものの、膝を押されてぐいっと大きく開かれてしまった。抵抗も虚(むな)しく煌々(こうこう)と明るい部屋の中、彼の目の前でM字開脚をしている状態になる。

「この前初めてだったから……傷ついていないか、確認しないと」

「大丈夫だから……もう離して」

痛めてしまったのではないかと心配してくれるのは有難い。しかしこの体勢をいつまでも続けるのは恥ずかしくて死んでしまいそう。一刻も早く離してほしいと逃げ腰になる。

「よかった」

以上で確認終了かと気を抜いた瞬間、涼介さんの顔がそこに埋まる。外陰部を丁寧に舐め始め、溢(あふ)れ出している蜜をすくっていく。

これ……ダメだ。これをされると、ぐずぐずになってしまう。

抵抗する力を奪われてしまうほど気持ちよくて、何もかも放り出してひれ伏してしまいそうになる。でも――

「やぁ……っ。お風呂入ってない、から……汚いよ！」

今日一日仕事をしたあとで汗もかいているし、清潔な状態じゃない。それなのに躊躇うことなく大胆に舐める涼介さんが信じられない。

でも彼は、そんなことを全く気にしていないと言わんばかりに、執拗に舐め続ける。

「あぁ……もう……っ、あ、あぁ……っ」

羞恥心が限界で、涙が浮かんでくる。恥ずかしいし気持ちいいし、混乱して感情がぐちゃぐちゃになってきた。

「大丈夫、汚くない。……汚いと思っているのなら、俺が綺麗にしてあげる」

「あう……っ、ァ、あ……っ。あ、あぁん……っ！」

蕾も吸い上げられて、硬くなったそれを舌で執拗に転がされる。されること全てが卑猥で恥ずかしいのに、気持ちいい。

美しくて見惚れてしまうような素敵な男性が、私のそこを美味しそうに舐めている様子に胸を高鳴らせていると、いつの間にか抵抗を忘れて好き放題されてしまった。

涼介さんは満足いくまで舐めたあと、体を起き上がらせて避妊具を装着し始めた。

「あ、の……涼介、さん？」

「時間を置かずに何度もしないと。俺の形に馴染まないでしょ」

「あ、待って……っ。涼介さん、ストップ——ああっ」

ぐっと腰を近づけられて、彼が私の中に入ってくる。あんなに苦しかった挿入が、今日はスムーズだった。繋がることに抵抗がなくなったこともあって、うまく力が抜けていたのだろう。

痛くないというか、むしろ……入ってくる瞬間が気持ちよかった。奥までできただけで、切ないほどに熱い。みっしりと埋まった彼のものが、最奥まで届いたと思ったらゆっくり引き抜かれる。その行為を何度か繰り返されて、律動が速くなってきた。

「あ……っ、ん、んんっ、あぁ……」

根元まで挿入されると、子宮に届く。そのたびに彼とここまで密着していることにドキドキして、心臓がうるさい。

「希美」

ぐっと腰を押し上げられて、ふたりの繋がった場所が見える。これまで直視していなかった彼の下半身が見えて、思わず目を逸らした。

「やだ……っ、こんなの、恥ずかしい！」

「俺と希美が繋がってるところ、ちゃんと見て。すごく……夫婦らしいだろ？」

「やぁ……っ、もう……ああんっ」

涼介さんの割れた腹筋や引き締まった腰が私の体を押し上げるたびに、繋がった場所から淫らな音が大きく鳴る。

「希美は、見たくないほど嫌？」

「……っ、そんな……こと……」

涼介さんを嫌だと思ったことは一度もない。ただ恥ずかしくて直視できないと思っているだけで、嫌悪感を抱いているわけじゃない。だけど見てほしいという彼を拒絶したら、嫌っていると勘違いされてしまいそう。

そうなったら、また離婚を言い出されてしまうかもしれない。

「俺のことが嫌じゃないなら、見て」

「あぅ……っ、あぁ……！」

ぐぐっと腰を持ち上げられて、繋がっている場所が鮮明に見える体勢になってしまった。これ以上拒めなくなった私は、恐る恐るそこへ目を向ける。

「ほら……希美の中に、入ってる」

涼介さんが腰を引くと、彼の濡れた屹立が姿を現す。筋が浮き立つ逞しいものがいやらしく私の中から出てきて、そしてまた中へ入っていく。

「もう……恥ずかし……っ、ァ、う……あぁ……っ」

「恥ずかしい？　でも希美のここは、俺を離そうとしないよ」

恥ずかしさと気持ちよさでぐちゃぐちゃになって涙を浮かべていると、それに気がついた涼介さんが優しくキスをしてきた。

「いじめてごめん。可愛くて、つい」

「可愛くなんて……ないよ……あっ、あぁ……」

「またそんなことを言う」

涼介さんは私のことを可愛いと言ってくれる。でもそれはこういうときに言う礼儀みたいなものなんだよね？　だから本気にしちゃいけない。

だけど……

言われるたびに、胸が疼く。嬉しくて喜んでしまう。

「ああっ！」

たくさんキスをしたあと、涼介さんは私の膝を押し上げて、M字に大きく開いた。そして花芯を見つけると、片方の手で絶妙な力加減で刺激し始める。

そこに触れられるとビリビリと電流が走ったみたいに変になる。だから止めてほしいのに離してもらえない。

「だめ、それ……、ああん！　あんっ、……あぁ！」

涼介さんのほうにぐっと引き寄せられて、執拗な攻めが続く。

強い快感が加わって、私の胎内が痺れる。中にいる彼を強く締め付けて、嬌声が止まらなくなった。

「その顔……すごくそそる」

気持ちよくて泣きそうになっている顔を見て、涼介さんは嬉しそうに微笑む。そして体勢を整えてガツガツと突き上げた。

「……は、もうイキそう。希美の中、すごく気持ちいい」

そう言われた瞬間、私の理性はどこかに行ってしまった。

涼介さんが吐息混じりの声で、私の中が気持ちいいと言う。その姿は色っぽくて、腰が砕けそうなほど妖艶（ようえん）だった。

今まで冷静で大人な涼介さんしか知らなかったのに、目の前にいる彼は本能のまま私を求めてくるただの男――

それがすごく色っぽくて雄々しくて……ぐっときてしまった。

「出していい？」

「あ……あぁっ、うん……いいよ……！」

涼介さんの指が私の指に絡まり、恋人繋（つな）ぎでぎゅっと手を握られて、ベッドに押し付けられた。そして額（ひたい）に汗を浮かべながら、貪（むさぼ）るようなキスを与えられる。全部が涼介さんに染められていくみたいな感覚。そしてそれを悦（よろこ）ぶ私の体。

涼介さんは切なそうな表情を浮かべ、暴れるみたいに突き上げる。熱い吐息を漏らしながら昇っていく瞬間、その表情を見て胸をときめかせる。

その表情……だめだ。いつもより色っぽさが増していて、格好いい。こんな表情を見られるのは、今私ひとりだけだと思うとゾクゾクしてしまう。

「……っ、希美……」

最後の一突きが終わると、薄膜越しに全てを放たれる。その瞬間、ぎゅっと抱き締められて涼介さんに全てを奪われていく感覚が心地いい。

このままずっとこうしていたいと思うほど、幸せな気持ちに包まれていた。

5

――朝。

カーテンの隙間から差し込む光に気がついて、眉間に皺(しわ)を寄せながら目を開ける。こんな真冬なのにあまり寒くない。もしかして暖房をつけたままで寝てしまったのだろうか。

東北育ちの私にとって、東京の寒さは耐えられる。だからいつも暖房は控えめにし、肌が乾燥しないように加湿器をつけているのに、昨夜は忘年会で酔って帰ってきたせいで、オフタイマーをするのを忘れたのかもしれない。

枕元に置いてある時計を見てみると、八時を過ぎたところ。今日から年末年始の休みだから、ゆっくり寝ていても問題ない。

……ん？

私の腰あたりに何かが巻きついてきた。それが何か分からなくて、不審に思いながら振り返ると、そこには服を着ていない涼介さんがいた。

「～～～っ‼」

驚きのあまり大声をあげそうになったが、何とか必死で堪えた。

どうしてここに涼介さんが……？

私の腰に巻きついてきたのは、彼の腕だった。

すうすうと寝息が聞こえるので、熟睡中なのだろう。眠っている姿も大変麗しく、目に毒だ。その美しい寝顔を見て、胸の鼓動がうるさく鳴り始める。

というか、私も涼介さんも完全に裸。下着すらつけていない。しかも下半身にはしっかりと異物の余韻。昨夜、そこに彼を受け入れたのだろうと思わざるを得ない状況だ。

昨夜の薄い記憶を辿っていく。……そうそう、忘年会の二次会のときに、涼介さんから電話がきたんだ。それから迎えに来てくれることになって。タクシーに乗ったあたりから酔いが急激に回ったものの、何とか家に帰った。

それからが問題だ。家に帰れたことで気が抜けたのだろう、それ以降の記憶が少々曖昧だ。

旦那さまの端整な顔立ちをじっくりと眺めながら、冷や汗を垂らす。もしかして私から誘惑したってことはないよね？

酔った勢いで「抱いてほしい」などと口走っていないだろうか。思い出せないから不安しかない。

そんなことを考えていると、「ううん」と声を出しながら、涼介さんは体を動かした。私の頭の下に腕を潜らせ、腕枕をする。そしてふたりの間の距離がなくなるくらい近くに抱き寄せられて、額にキスをされた。

こ、こ、これは何……っ。

私のことを抱き枕と勘違いしているの？　寝ているのに、こんな甘い行動を取れるなんて、信じられない。天性の才能？

女性とは違う、筋肉質の逞しい体に抱き締められ、心臓が飛び出しそうなほどドキドキしてしまう。肌は熱くてすべすべで、ぴったりとくっついていると、熱が移ってくる。腰に回っているもう片方の手も優しくて……ああ、もう、私のキャパを完全に超えてる。

とても気持ちよさそうに寝ているから、いつ起こそうかと悩んでいるうちに、どんどん彼のぬくもりが心地よくなって、私も遠慮なく抱きついてみる。

そっちが抱き枕と思っているなら、私も。お互いに抱き枕として求めているなら、不公平じゃない……よね？

うん、これ、いいかも。温かいし、気持ちいい。涼介さんの匂いに包まれて、ドキドキするけど安心する。恋人同士って、こうやって愛を確かめているのかな。

私も彼氏と、こうしてみたかったな。相思相愛でこうしていられたら、すごく幸せなんだろうな。……って、ちゃんと好きになった人がいなかったけど。私、人として何か欠如しているのかも。はぁ……

そんなことを考えていると、太ももにあたる硬いものに気がついた。

「ん……？」

これ、何だろう。涼介さんの腕？　いや、腕は私の腰と頭のところにある。じゃあ、これは一体……？

恐る恐る手を伸ばしてみて、気がついた。これは……その……涼介さんの、アレだ。

「ずいぶん積極的だな」

「あっ⁉　……いや、あの、コレは……違うの、って、その……えっと……！」

眠っていると思っていたのに、涼介さんの声がして驚いた。あまりの焦りように声が裏返ってしまった。

「希美のエッチ。……またしたくなった？」

「……あっ！」

太ももの間に脚を入れられて、強制的に開かされる。そして秘部に指を這わされ、蜜の存在を知らされる。

「やっぱりしたかったんだ？」

「や、違……っ、そんなんじゃ……」

「否定しなくていいよ。ほら……すぐ入りそう」

くちゅくちゅ、と音をたてながら、入り口をくすぐられる。体がビクビクと跳ねて、快感が全身に広がった。

「昨夜もたっぷりしたのに……もうしたいなんて。いい傾向だ」

「あ、待って……っ。涼介さん、待っ――ああっ」

抵抗も虚しくすんなり入ってきて、ぐりぐりと中を掻き回される。煌々とした朝陽を浴びながら、朝から激しい情事を繰り広げてしまった。

「涼介さん、朝からこういうのは、よくないと思う！」

「……そう？」

全く悪びれることなく、起き抜けに抱き合ったことを反省していない涼介さんは、力の抜けた私の体を労うように撫でている。その手つきもどこかいやらしくて、時折ビクンと大きく体を揺らしてしまう。

「仕方ないだろう、希美に誘われたら断れない」

「誘ってません!!」

こっちから触ってしまったものの、あれはわざとじゃない。彼をその気にさせてしまったのなら悪かったけど、だからってこんな朝からしてしまうなんて……!

「間隔を空けずにした方がいいかなと思ったんだ。早く慣れてほしいし」

「そうは言っても、ハイペースすぎるよ」

昨夜は深酒してしまったから、それを気遣って水を飲ませてくれるのは嬉しいけれど、口づけしながら飲ませるとか。私、今までこんな飲ませ方されたことない。

これが男女の仲では普通の飲ませ方なのかと聞くと、「そうだよ」としれっと答えられる。

——本当に？　私、騙(だま)されてる？

それもこれも経験がないせいで正解が分からない。だから彼にそうだと押し切られると、そういうものかと納得せざるを得なかった。

「そうだ、今日の夜は友人との飲み会があるから、希美も参加してほしいんだけど……何か予定入ってる？」

「特に予定はないですけど……」

「じゃあ、頼む。夜からだから、一度家に帰るよ。その前にお風呂に入ろうか」

昨夜はお風呂も入らず寝てしまったから、一度綺麗に洗い流したい。メイクも取れてしまっているし、体も汗をかいて気持ち悪い。

「涼介さんのあとに私もお風呂に入ります」

「あとじゃなくて、一緒に入ろう」

「……え!!」

一緒に入るって言った?

驚き固まっていると、ベッドから抜け出した涼介さんは「借りるよ」と言ってバスルームへ向かった。そしてお湯を溜める準備をして戻ってきた。

「一緒になんて、無理だよ」

「なんで?」

「なんでって……恥ずかしいから!!」

夜に暗くして入るならまだしも、こんな朝っぱらから一緒に入るなんて恥ずかしすぎる!

激しく動揺している私を、涼介さんは涼しげな顔で見てくる。全く動じていないところもクールで格好いいけど、今はそんなことを思っている場合じゃない。

「涼介さんは恥ずかしくないの?」

「恥ずかしくないよ。だって何回も体見てるだろ。今だって、裸でベッドにいるし」

「そ、そうだけど……」

布団で体を隠しているものの、その下は裸だ。それはそうなんだけど、一緒にお風呂はさすがに……

「さ、行くよ」

「や、あの……っ、ちょっと！」

手を繋(つな)がれて、そのままバスルームへ歩き始める。私の前を歩く涼介さんの引き締まった体は、直視できないほどにセクシーで目のやり場に困る。

「ちょ、ちょっ……待って、心の準備が……！」

「いいから、早く。お湯が冷める」

背中を両手で押され、結局ふたりでバスルームに入ってしまった。恥ずかしくて振り向けずにいる私に温かいシャワーをかけて、涼介さんは泡だてたスポンジで私の体を洗う。

「じ、自分でやるよ」

「いいから。希美はそのままにしていて。朝から疲れただろ？　そのお詫びに、希美を洗ってあげる」

そう言われても、涼介さんの手が動くたびに、体が過剰に反応してしまう。いつの間にかスポンジではなく手で触れられていた。

「あ……っ、だめ……！」

「こら、動かないで」

背後から胸を撫でられて、ビクンと体を震わせる。その様子を見た涼介さんは、くすっと笑いながら大胆に胸を揉みしだいた。

「どう、気持ちいい？　こういうのも、悪くないだろ？」

「ん……。そこ……、やぁ……っ」

ピンと張り詰めた胸の先を摘まれ、くにくにと弄られる。体を密着させ、お互いの泡を塗りつけながら愛撫がエスカレートしていく。

「ここも綺麗にしようか」

「ひゃ……ぁっ、ああう……」

彼の右手が胸から離れて、下へ進む。太ももの間に滑り込み、浅い茂みをかき分けて閉じている場所に指を埋める。

「やぁ……。んんっ、あん……っ」

「体を洗っているだけなのに、もうこんなに濡れてるんだ？　希美のここはいやらしいな」

その言葉を聞いて、カァッと熱くなる。涼介さんの言う通り、私のそこはどうしようもないほど濡れていて、指で触れられるたびに淫猥な音が鳴っていた。

つい最近まで経験がなかったのに、回数が増えるたびに、私の体が変わっていく。涼介さんに触れられるとすぐに濡れるし、涼介さんを見るだけでお腹の奥がざわめいてくる。

――私、いつからこんなにいやらしくなったんだろう。

普通の女性はこうなのかもしれない。私がずっと知らなかっただけで、男性に抱かれると女としての本能が目覚めていくのかな……

「希美」

「……はい」

「最初は一生経験しなくてもいいって言っていたけど、ちょっとは考えが変わった？何度かするうちに、セックスが好きになってきた？」

「あ、あああっ……」

バスタブに片脚を乗せられ、指が中に埋め込まれる。片脚では上手く立てず、涼介さんに体を支えられながら指戯が始まった。明るい場所でこんな格好をしていることが恥ずかしくてたまらなくなる。

「最初に比べると、上手に受け入れられるようになってきたね。すんなり入るようになった」

「ふぁ……っ、そんなに、広げないで……」

そうお願いするのに、指戯は激しくなるばかりで、蜜が太ももに滴っていく。

「すごい音……聞こえる？　もう中に欲しそうだね」

背後から耳元で囁かれて腰が砕けそうになる。ビクビクと腰を揺らしながら喘いでいると、急に指を抜かれてしまった。

「あ……っ」

やだ、抜かないで。まだそこにいてほしい。

そんなことを思いながら、彼のほうに体を捻ると、シャワーで全身の泡を流された。そして目の前にあるバスタブの中へ導かれ、窓に手をつく格好になった。

「ここに、入れてほしい？」

疼く場所に屹立を宛がわれ、全身にゾクゾクと快感が走る。鈴口で蜜をすくい、襞をかき分けるように上下に動かされた。

「あ……んぅ……っ」

「ほら、言って。希美はどうしてほしいの？」

そんなふうに言われたら、お腹の奥の疼きが止まらない。早くそこに入れてほしくてたまらなくなる。

でもなかなか素直に言えなくて、喘いで誤魔化すけれど、それでは涼介さんは納得しない。私がちゃんと言えるまで入れないつもりらしい。この焦らしに我慢できなくなった私は、観念して口を開いた。

「……しい」

「ん？　何……？　聞こえないよ」

羞恥心でいっぱいの中、一生懸命言葉にしたのに、聞き取れないと言われてしまった。これで許してほしいと見つめるのに、涼介さんのいじわるな瞳はじっと見返したまま許してくれない。

「……ほ、しい。涼介さんの……入れて、ほしい……」

「そう。じゃあ、お望み通り……いっぱい入れてあげる」

ずぶぶ、と根元まで一気に挿し込まれて、待ち焦がれていた快感に眩暈がする。こんな体勢でするのは初めてで、中に感じる彼の形がいつもと違う。感じたことのない深い場所にぐりぐり当たって、気持ちよくて泣いてしまいそう。

「希美の中……すごく締まってる」

「あぁ……っ、ああっ！」

彼の腰を打ち付けられるたび、私の中に衝撃が走った。バスタブの中のお湯が激しく揺れて、繋がった場所も、膝まで浸かっているお湯も熱くてクラクラする。

「これ……何て言う体位か知ってる？」

「え……っ、ぁ、わかんな……あんっ」

「立ちバックって言うの。……どう？　いつもしている正常位とどっちが気持ちいい？」

涼介さんはズンズンと突きながら、そんなことを聞いてくる。どっちが気持ちいいなんて選べない。大きすぎる愉悦に慣れていなくて、いっぱいいっぱい。楽しむ余裕なんてない。

でも――

「どっちも、気持ちい……」

「そうなんだ。じゃあ、もっといっぱいしようか」

壁に手をついた状態で、背後から涼介さんに突き上げられる。肌と肌のぶつかる音が激しくて、バスルームの中に音が響く。逃げようとしても、涼介さんの大きな手が私の腰を掴(つか)んで離さない。

「あ、ぅ……っ、深い……」

ぐぐぐっと最奥まで押し込まれる。苦しいほどに存在感を示されて、私の中は彼を離したくないと締め付けていた。

「……っ、は。すごい締め付け。そんなに気持ちいい？」

「ん、んん……っ、はぁ……！」

涼介さんが気持ちいい？　と聞いてくるから、素直に頷く。

繋がっている場所から太ももへ、蜜がとろりと零れていく。腰を掴まれて一方的に打ち付けられていたはずなのに、いつの間にか私の腰も勝手に合わせて動き出していた。

「俺も、すごく気持ちいい」

甘い声でそう囁かれると、ぐずぐずになってしまいそうなほど感じる。

涼介さんも興奮してくれてるんだ。気持ちいいって……。嬉しい。

ふたりで高まり合っていることに喜んで、もっと感じていいんだと思えたら自制が利かなくなっていった。

「あん！　あぁ……っ、それ気持ちいい……っ」

ズンズンと子宮口を突き上げられるたびに、おかしくなってしまいそう。声が止まらなくて、頭の中は涼介さんのことだけでいっぱいになる。

「……さっきから希美の腰も動いてる。もっとしてほしい？」

「ん……っ、もっとして……！」

すると二の腕を掴まれて、涼介さんの体のほうに引き寄せられた。涼介さんは後ろから私の耳を食んで、美味しそうな音をたてながら舐める。そしてもう片方の手は胸を鷲掴みにして荒っぽく揉みだした。

「希美は、こんなふうにされるの好きなんだ？　今めちゃくちゃ感じてるでしょ？」

「あぁ……っ、そんな、こと……」

涼介さんに強引に求められているみたいで、いつもより興奮が増している。朝から二回目なのに激しい。疲れを知らない彼の体は私を貪欲に欲しがっているようだ。

どんどん腰つきが激しくなって、ふたりとも本能のまま乱れていく。涼介さんの息遣いの荒さで興奮していることが伝わってくる。それにつられて私も、今までにないほど、理性を失って感じてしまった。

「このまま最後までしてもいいけど……そろそろベッドに行こうか」

まだまだ体力のある様子の涼介さんは私を抱き上げた。

バックと正常位とどちらが好きかと聞かれて、「どっちも気持ちいい」と答えてしまったので、ベッドで正常位をしようと提案される。

後ろからされるのも気持ちよかったけど……この体勢だと彼の表情が見えない。

私……涼介さんの気持ちよさそうに眉根を寄せているあの顔が好きだ。あの顔が見られたら、言葉に表せないような嬉しさがこみ上げてきて、気持ちよさがもっと増す。

だから正常位のほうが、好きかもしれない。……なんて、恥ずかしくて言えないけど。

そのあと、ベッドに攫われ、いつもの体位でたくさん攻められた。昨夜も今朝もしたはずなのに……涼介さんの体力は凄まじく、結局夕方まで離してもらえなかった。

夜になると、涼介さんの高校時代の友人たちの集まりに参加するため、彼の友人が営むお店に向かった。六本木にある高級な鉄板焼きの店で、本格的なシェフが目の前で焼いてくれるスタイルだ。

さすが涼介さん。お友達も彼と同じように成功者が多く、会社経営をしている人か、大手企業に勤めている人ばかり。しかも眉目秀麗。どのお友達も同じレベルの格好よさで、連れている奥様や彼女さんも一般人とは思えない美しさ。中には子どもがいるのに、ママであることを感じさせない美貌の女性もいて圧倒された。

すごく都会的な人たちの集まりに来てしまった……！　田舎くさいところが出ないようにしないと。

五年以上東京に住んで、だいぶ都会に慣れたと思うものの、やはり六本木で食事となると緊張してしまう。表面はこういうシーンに慣れているふうを装っているが、心の中では大興奮している。

結婚式にも参加してくれていた人たちだから、ある程度は把握しているものの、奥様や彼女さんたちの中には初対面の人もいる。失礼のないように挨拶をして、会話にも積極的に参加した。

「藤ヶ谷くんたちは、喧嘩しないの？　うちはお互いに譲らない性格だから、しょっちゅう喧嘩しているよ」

とある男性の奥様が私たちに話を振ってくる。ここは夫婦らしく振る舞わないといけない、と涼介さんとアイコンタクトを取ったあと、口を開いた。

「うちは、喧嘩しないね」

「そうだな。希美は度量が広いから俺のことを全部分かってくれているし、喧嘩になることがない」

さらっとそう答える姿に周りの友人たちが沸く。

「涼介が彼女を紹介するの、希美ちゃんが初めてだったんだよ。コイツ、モテるし彼女もいた時期もあったけど、俺たちに紹介することはなかったな」

「そうだよな。ちゃんと心に決めた人ができたら紹介するって言っていたもんな」

「希美ちゃん、愛されてるねー」

いやいや、と謙遜するけど、そう言われると真に受けそうになってしまう。偽装夫婦だからこうして仲良さそうに振る舞っているだけなのに。

涼介さんは私の傍に寄ってにこっと微笑みかける。

彼らが話す内容が、さぞ本当であるかのように。

「俺のタイプど真ん中だったんだよ。結婚するなら希美しかいないって、猛アプローチして、結婚してもらった感じだし」

「へえ、そうなんだ！」

演技だと分かっているのに、涼介さんが私の好きなところを挙げるたびに胸の鼓動が速くなっていく。私もそれに対して照れたり喜んだり、仲睦まじい様子を見せるけど、半分本気にしていたりして。

その間も、涼介さんは腰に手を回したり、こっそり指を絡ませたりしてくる。

誰にも見られないのなら、そのスキンシップはいらないのではないかと思うのに、彼の手が触れるだけで胸が跳ねる。まるで本当の夫婦のような触れ合いに心を揺さぶられて、私が照れたり赤くなったりする様子を楽しんでいる気がする。

二時間ほどの食事会は終わりを迎え、私は最後まで気を抜くことなく、この任務を成功させた。完璧な妻を演じ、また女性陣だけでも集まりましょうね、と声をかけてもらえるほど仲良くなれて、達成感に包まれながら家に帰った。

「はぁ……疲れた……」

自分の部屋に帰ると、力が抜ける。ベッドに寝転んで大きく伸びをした。

今回、たまたま連日一緒にいたけれど、今度こそ本当にしばらく会わないだろう。

涼介さんと体を重ねて以来、自分のペースを取り戻せないままでいる。ずっと浮き立っていて、冷静になれない。一線を越えてしまったせいで上手に距離を保てていないのだ。

期待してはいけない、近寄りすぎてはいけない、偽の妻として一緒にいるだけであって、それ以上の親しさは求められていない。

この辺でもう一度身の程をわきまえないと。勘違いして、好きになるなんて絶対にダメだ。

だから落ち着こう。次に会うまでには、この騒めいている気持ちも鎮まるはず。……と思うのに。

「っていうか、エッチしてるときの涼介さん、色っぽすぎる！　何なの、アレ。思い出したら興奮してくる……ああ、もう、やだ……!!」

思い出したら全身の熱が上昇してきて、頭の中がショートしそう。ひとりで悶絶して、取り乱してしまう。

これだから処女は……！

二十八歳までちゃんとした恋愛を経験せずにきたから、そこそこに拗らせている。それは自覚していたけども……！　これは刺激が強すぎる。

こんな興奮状態を落ち着かせるべく、翌日から部屋の大掃除に取り掛かった。溜まっていた洗濯物を片付け、普段できていないレンジフードの掃除や窓拭きなど徹底的にやっていく。

掃除をすると、無心になれる……！

邪念を振り払って、一心不乱に掃除をして、これで気持ちよく新しい年を迎えられると思ったところに、涼介さんのお母さんから電話がかかってきた。

わ、わわ……。お義母さんからだ。涼介さんと一緒にいないことを悟られないようにしないと。

もし電話を代わってと言われたら、席を外していると言おう。

そう心づもりしてから、通話ボタンを押す。

「もしもし」

『もしもし、希美ちゃん？　忙しいところ急に電話をしてごめんなさい』

「いえいえ、大丈夫ですよ」

いつもの優しい声に安心する。お義母さんは、急に電話したことを気にしつつ用件を話し始めた。

『涼介も希美ちゃんも年末年始はお休みよね？』

「はい、そうです」

『あのね。うちでは毎年おせちを作っているのだけど、先週から風邪をひいてしまって準備が進まなくて間に合いそうにないの……。もし希美ちゃんさえよければ手伝ってくれない？』

お義母さんは、明日から二日かけておせち料理を作るらしい。藤ヶ谷家では毎年お義母さんの手作りのおせちを食べるそうだ。

お義母さんが困っているのなら、もちろん手伝う。断る理由なんてないと、すぐに返事をする。

「ぜひ、行かせていただきます」

『じゃあ、涼介とふたりで来てね。待ってるわね』

そう言われて切られた電話。私はスマホを持ったまま固まる。

また涼介さんと一緒に過ごすことになってしまった……。年末年始ということもあり、不可抗力だと分かってるけども！　全然冷静になる時間がない！

ソファにうつ伏せになると「わぁぁ」と声を上げた。

明日、明後日とおせち料理を作るとなれば、義実家に泊まることになるだろう。当然作ったおせちを食べるので、お正月をそこで迎えることになる。

ということは、明日から三日間涼介さんと一緒だ……！

どうしよう、どうしようと思う反面、胸が弾んで喜んでいる自分がいる。こんな数時間じゃ、全然心が鎮まらない。何度も深呼吸して、でも全然落ち着かなくて。結局、ドキドキのまま、涼介さんに電話をかけることになった。

＊　＊　＊

希美と別れてから、マンションに帰って、ずっと見たかった新作映画を見ていた。……が、思いのほか外れだったようで、イマイチ盛り上がらない。

映画を見ながら考えるのは、希美のこと。友人たちとの飲み会の中でもそつなく振る舞い、どの女性たちよりも気が利いてよく動いてくれていた。希美は楽しめただろうか。気を使いすぎて疲れていないか。俺たちのグループのことを嫌になっていないだろうか。

彼女に想いを馳(は)せながら、ここに希美がいればいいのに、と恋しく思う。

そんなとき、ソファの上に置いているスマホが振動していることに気がついた。画面を見てみると希美からだった。

「……もしもし」

『もしもし、お休み中のところごめんなさい』

希美のことを考えているときに電話がかかってきて、さっきまでの淋しさが一瞬で消える。

「どうした?」

『今、涼介さんのお母さまから電話があって、明日からご実家に来てほしいと言われたんだ』

毎年大晦日(おおみそか)は実家に帰るようにしているが、そのときに母はおせちをせっせとひとりで作っていたことを思い出す。今年は風邪をひいて作業が遅れているから、嫁である希美に手伝ってほしいとお願いしたらしい。

さすがに連続で頼みごとをするとなると気が引ける。休みに入ってから、希美の用事が全くできていないはずだ。

「嫌なら断ってくれていい。希美も予定があるだろう、私ひとりで行くよ?」

『ううん、大丈夫。涼介さんこそ用事があるなら、私ひとりで行くよ』

契約上、こういうイベントはこなしていくという話だが、希美はいつも柔軟に対応してくれる。義実家に行くなど面倒だろうし、義母と一緒に料理をするなんて嫌がる女性のほうが多いのではないだろうか。ましてや三日間の泊まりだ。

それなのに嫌がる素振りなどなく、ひとりででも行こうとする姿勢に頭が上がらない。

「ありがとう。俺も一緒に帰るよ。年末年始くらいしか実家に帰る機会もないし、こういうときは夫婦で帰って仲いいところを見せたほうが、安心するだろう」

『そうだね』

「じゃあ明日、家まで迎えに行くよ。俺の車で帰ろう」

というわけで、俺たちは明日から三日間一緒に過ごすことになった。


翌日、お昼すぎに希美のマンションへ迎えに行くと、荷物を持った希美が出てきた。先日見たコート姿とは打って変わって、カーキ色のダウンジャケットにデニム、足元は白のスニーカーとカジュアルな格好をしている。それがすごく新鮮で、いつもとのギャップを好ましく感じた。

「お迎えありがとう」

「こちらこそ、予定を埋めてしまって申し訳ない。……行こうか」

俺はフランスの自動車メーカーのＳＵＶに乗っているのだが、隣に乗せた女性は希美だけだ。助手席に乗り込んだ彼女は、少し緊張しているのか体を固まらせていた。

「何、緊張してる？」

「男性の運転する車に乗るなんて、今まで経験したことないから……慣れなくて」

「そう」

これも慣れていないのか。だったら、もっと慣れるまで乗せてあげないといけないと考える。ドライブをしたり、夏には海に出かけたりするのもいいかもしれない。そうしているうちに、緊張せずに乗れるようになるはずだ。

少しでもリラックスできるようにと、他愛もない話を続ける。昨日はあれから何をしていたのか、年末年始はいつもどうやって過ごしているのかとか。希美はもうすでに大掃除を終えたようで、年始を迎える準備は全て済ませたらしい。

そして年始早々には実家に帰るらしく、二日の朝には飛行機に乗ると聞かされた。

「それって俺も行くべきじゃない？」

「大丈夫だよ。遠いし……涼介さんは忙しいと言ってあるから、私だけで問題ないと思う」

いやいや、そういうわけにはいかない。俺の両親には会わせておいて、希美の両親を疎かにするなんてできない。俺も希美と同じように、義両親を大切にすべきだ。

「希美が嫌でなければ、一緒に行く」

「でも……」

「いいから。それに、向こうにはあの例の男もいるんだろ？　何をされるか分からない」

希美と結婚する前に会ったことのある、ストーカーまがいの元許婚。俺たちが結婚したからといって、すんなり諦めるとは思いにくい。前に会ったときは、人目を気にせず希美のことを、捕まえて大声をあげていた。希美に執着しているように見えたし、まだ諦めていないように思う。

「きっともう大丈夫だと思うんですけどね……」

「一緒にいれば、牽制にもなるだろう」

「確かに……そうですね」

福山卓也の話をいくつか聞いたが、希美の体操服を盗んでいた疑惑の話が引っかかった。希美は相手に女装趣味があったのではないかと思っているようだが、そうではないだろう。希美のことが好きゆえに盗んだに違いない。

それを何に使ったかは考えたくないが、よからぬことに使用したことは容易に想像できる。

そんな危険な相手がいるのだから、同行して守るのがベストだと思う。そういうわけで、五日間希美と一緒に過ごすことが決定した。

「それより、何日間も親の前で仲良くしなければならないけど、大丈夫？」

「う、うん……そうだね。がんばる」

「俺としては、さん付けってのも、気になっているんだけどな。呼び捨てでいいのに」

「そんなの、無理……っ、呼び捨てなんて、恥ずかしい」

耳まで赤くして慌てている様子が可愛くて、ついからかいたくなる。

「上辺だけの夫婦じゃなくなっただろう？」

「そう……だけど」

俺たちが一線を越えて男女の関係になったことを匂わせるように言うと、希美はますます恥ずかしそうに身を縮める。ふたりの濃密な時間を思い出しているに違いない。

「奥さんに、涼介って呼ばれたいな」

「もう……っ、からかわないで。涼介さんの、いじわる」

こんなやり取りが楽しくて、希美といると飽きない。仕事上の付き合いのときよりも、彼女のことを好意的に思う気持ちが加速するのを感じていた。

で、俺と希美、それから母の三人でスーパーへと向かった。おせちに使う材料と、今日
さて。実家に到着すると、母はすぐに買い出しに行きたいと言い出した。父は留守番

の夕飯の買い出し。昔は年末年始といったらスーパーが休みで、その間の食糧を買い込んでいたが、最近ではずっと開店している。それなのに昔のくせが抜けないようで、母はたんまりと買い込み、大荷物になっていた。

「涼介さん、私も持つ」

「大丈夫、大丈夫」

両手いっぱいの荷物を持っていると、希美は俺の手から荷物を取ろうとする。その瞬間に手が触れ合ってお互い顔を見合わせた。

手が触れ合うだけなのに、なんでこんなに意識しているんだ。小学生じゃあるまいし、手ぐらいで何を……

車のトランクに荷物を積み込み、再び実家に戻った。家に戻ってからは、希美は母に付きっ切りでキッチンに立ち、俺はリビングでふたりのやりとりを見ていた。

嬉しそうな母の顔を見ていると、ずっとこういうことがしたかったのだろうと考えた。うちは俺しか子どもがいないし、娘ができたみたいで喜んでいるのだ。一緒にキッチンに立って、料理をして、藤ヶ谷家の妻としてやってきたことを、希美に教えて伝えていく。

それができることを心の底から喜んでいるようで、あんな上機嫌な母を見るのは久しぶりだった。

それから夕飯の時間になり、父と母、俺と希美の四人でダイニングテーブルについた。

テーブルの真ん中に大きな鍋があり、その周りに大皿に載った蟹が四杯。いつもよりサイズが大きいような気がするが、母が希美のためにいいものを用意したのだろうと察する。

一方の希美は、その大きな蟹を見て目を輝かせている。

「わぁ、大きな蟹ですね」

「そうなの。蟹って、食べるとき大変で無言になるでしょ？　でもね、この蟹はするっと身が取れるから食べやすいの」

「私、こんなに大きな蟹を食べたことないです。食べ方もあまり上手じゃないかもしれません」

「大丈夫、私が教えてあげる」

希美は母の隣に座って、蟹の食べ方をレクチャーしてもらっている。無言になるどころか、楽しそうに会話をしながら食べていて、見ていて微笑ましくなるほどだ。

こうして母と仲良くしてくれていることに感謝する。母も希美のことを本当に可愛がっていて、希美と結婚してよかったと思える瞬間が増えた。

こういうことが幸せっていうのかな、なんて漠然と感じていた。

夕飯を終え、後片付けが終わったところで、俺たちは部屋に向かう。学生時代に使っていた俺の部屋に入ると、希美は「わぁ～」と声を上げて辺りを見渡した。

八畳くらいの広さの部屋には学習机とベッドのみで、それ以外は物がない。学生時代は男のむさくるしい部屋だったが、家を出るときにいらない物は処分した。ただ、卒業アルバムや本などはそのまま置いてある。

「こんな感じの部屋に住んでいたんですね」

「そうだな。だいぶ整理したから物が少ないけど」

今日からこの部屋に泊まることになる。夫婦なのに別々の部屋にするのもおかしいので、一緒の部屋になった。

あまり物がないにもかかわらず、希美は男の部屋が物珍しいようで見回している。そんな彼女に声をかけた。

「今日もありがとう。母さんも喜んでたよ」

「何も大したことはできないけど、役に立ててよかった」

謙遜（けんそん）してそんなふうに言うけれど、彼女の力は大きい。結婚してからというもの、俺のいないところでも母のことを気遣ってくれていることを知っている。

「重く感じるかもしれないと思って言っていなかったけど、去年に母が大病をして、入院していたんだ。治療がうまくいったから大事には至らなかったが、そういうのもあって結婚を急いだ経緯があるんだ。だから親孝行ができてよかった。希美のおかげだ」

「そうだったんですね……」

去年の暮れに母から健康診断で引っかかったと連絡が入り、大学病院で精密検査を受けたところ初期の癌が発見された。運よく見つかったのが早かったために、手遅れにならずに済んだものの、病名を聞いたときは大きなショックを受けた。

いつまでも親が元気でいるとは限らない。今、両親を大事にしなければ、いつするのだろう。親孝行をしたいと思ったときにはいないかもしれない。命には限りがあることを強く感じた出来事だった。

「希美と結婚すると報告したとき、今まで見たことないくらい嬉しそうだった。結婚してからも希美のことを本当の娘みたいに思っているようだし、感謝してるんだ。母さん、女の子が欲しかったんだって」

「そうなの？」

「そうだよ。俺、小さいころの写真で、女の子の服を着せられているものがあるくらいなんだから」

二歳ごろの写真で一枚だけ女の子の格好をしているものがあると希美に伝えると、彼女は楽しそうに笑う。

「うふふ、それ見たい。涼介さんの小さいときってすごく可愛かったんだろうな。女の子の格好も似合いそう」

「そんなことないよ。顔は男の子だから違和感ありまくりだぞ」

「そう？」

なんでピンク色のひらひらの服を着せられているのだろうと、不思議な表情を浮かべている写真を見せると、希美は「可愛い～！」と喜んでくれた。そんな反応を見られるなら、この写真も捨てたものじゃないなと思えた。

「親はいつまでも心配ばかりするから……。結婚したことで少しでも安心してもらえたなら、してよかったね」

「そうだな」

きっと希美だったから、この夫婦関係がうまくいっているのだろうと思う。他の女性だったらこんなにやれていなかったかもしれない。偽装じゃなくて、本当の夫婦でも。

「でも……お義母さんのことが好きだから、本当の夫婦じゃないことが申し訳なくなってくる。嘘をついてるわけでしょ？」

「……え？」

「だから、もっと自然に夫婦らしくできるように、私頑張る」

アルバムから顔を上げてこちらを見つめる希美が、想像以上に愛おしくて胸が掴まれるような感覚に陥る。

「希美が本当の夫婦になりたいなら、俺はなってもいいんだけど」

「ええっ……」

冗談半分、本気半分で、希美との距離を詰める。ベッドの上に座っていたこともあって、そのまま押し倒す。俺の下で驚いた表情をする希美を逃がすまいと、じっと熱く見つめた。

「夫婦のふりを止める？」

「や、いやいやいや……っ、それは……」

「何？　嫌なの？　俺じゃ不満ってこと？」

俺に迫られて逃げ場を失う希美は、反応に困って慌てている。その様子が可愛くて、もっといじめたくなる。もしここで「本当の奥さんになりたい」と言われたら、希美が想像している以上に可愛がれる自信があるんだけど。

ふたりの距離が近づいて、唇が重なりそうになる。冗談だったはずの触れ合いが、本気になりそうになったところで、一階から母の声が聞こえてきた。

「希美ちゃん、お風呂空いたわよ〜。よかったら、入ってー」

いい感じの雰囲気が一気に冷めて、俺たちは目を見開いて固まる。なんというタイミングだと思いながら大人しく希美の体を解放した。

「お、お、お風呂……入ってくる、ね」

「ああ。お先にどうぞ」

大事な獲物が逃げてしまった喪失感を味わいながら、少しずつ追い詰めていくのも悪くない、とこの状況を楽しむことにした。

6

十二月三十一日、大晦日。

早朝から起きてお義母さんのお手伝いをする。おせち料理がある程度できてきたので、息抜きに私と涼介さんは彼の地元を散歩することになった。しばらく歩いていると近所のおばさんに挨拶をされ、「涼介くんの奥さん？」と聞かれて返事をする。

今更だけど、こんなふうに周りにどんどん紹介してもらっていいのかな。私たちは偽装夫婦であって、本当の夫婦じゃない。いつかどちらかが必要じゃなくなったら別れるつもりだ。

それなのに、こんなふうにオープンに挨拶をしていたら、その後が大変なんじゃないのかな。

とはいえ、挨拶せずにいるのも失礼にあたる。先のことは考えずに、今は妻のふりを完璧にこなそう。

涼介さんは今をときめく敏腕社長で、ご両親も格式のある家柄らしいけれど、素朴な感じで親しみやすい。

お義父さんは、大手不動産会社の重役をしていて、お義母さんはもともと趣味で始めたフラワーアレンジメントの技術が認められて、現在は講師をしている。

藤ヶ谷邸は、お義父さんの勤め先である不動産会社が手掛けた立派な一軒家。和室を中心にいくつも部屋があって、どの部屋も上品で落ち着く空間になっている。広くて立派な庭には小さな滝もあって、風情溢れる光景だ。これはお義母さんがデザインしたらしく、センスのよさを目の当たりにした。

キッチンもバスルームもリビングも、どの部屋もため息が出るほど美しい。義父母は一見近寄りがたい人たちなのかなと思うけれど、話してみるとすごく気さく。家族のことを大切にしていて、一緒に過ごす時間を大事にしているところが、とてもいいと思う。

涼介さんも、もっと近寄りがたい人かなと思っていたけど……そうじゃない。本当の妻みたいに扱ってくれて、優しくしてくれる。それは契約上そうしてくれているのかもしれないけれど、一緒にいる時間が増えるたびに心の距離が縮まってきたような気がしていた。

だけど昨夜、彼の部屋でいろいろあって、今日もまだ落ち着けていない状況が続いている。

――夫婦のふりを止める？

涼介さんの部屋で一緒にアルバムを見たあと、そんなことを言われてしまった。まさか、という気持ちが大半で、本気で言っていないと分かっているのに、いつまでも興奮が冷めない。

お義母さんに呼ばれなければ、あのまま流されていたと思うと、胸のドキドキが止まらない。

あれは、冗談で言っているだけ。私のことをからかっているの。

だから本気にしちゃだめ。そう思うのに、舞い上がっていて冷静になれない……！

心臓が壊れてしまうんじゃないかと思うくらい、胸の鼓動がうるさい。隣を歩いている涼介さんに聞こえていないか心配になってくる。

「希美、聞いてる？」

「へ？　あ、えーっと……」

近所の人への挨拶が終わって再び歩いていると、涼介さんに話しかけられた。考えごとをしていたせいで全く聞いていなかった。

「明日、親戚にお年玉を渡すんだけど……新札が足りないかも。希美、新札持ってる？」

「ああ、うん。私、新札たくさん用意しているからあるよ」

「さすが。忙しくて銀行に行けなかったんだよ。最近って新札両替に枚数制限あるんだよな……」

涼介さんはいつも通りだ。

やっぱりあれは、あのときだけの話で本気じゃない。

東京に留まるために結婚して、何不自由ない生活を送らせてもらえているのだから、彼の要望に応えるのは当然のこと。それに対して「ありがとう」と伝えたついでのリップサービスに違いない。

それなのに本気になりそうになっているなんて……本当に私のバカ。もっと余裕を持ってかわさないと。

本気にならない。迷惑をかけないように、一線を守らないと。

密かにそう決意して、私は何もないように振る舞うことに徹した。彼の隣で、明るく元気に。


夕食は、お寿司の出前と年越しそばだった。昨夜と同じように四人で食卓を囲んで食事して、そのまま年末恒例の歌番組を観る。

年越しは、いつもひとりでバラエティー番組を見て過ごしていたけれど、本来の年末ってこうだったなとしみじみ感じる。最近の流行曲から演歌まで聞けるし、それぞれに凝った演出や衣装を用意しているので、観ていて飽きない。子どもの頃の年越しを思い出して懐かしくなる。

お義母さんと片付けを終えてソファに座ると、私の隣に涼介さんが座る。仲のいい夫婦らしく隣同士でテレビを観ていた。

なんかこれ、すごく……家族っぽい。

涼介さんのご両親に温かく迎え入れてもらって、隣には旦那さまがいる。ただテレビを観ているだけなのに、それがすごく特別な気がして。こういうのが大切な時間なんだと噛み締めた。

二十三時が過ぎたころ、お義母さんは「よいしょ」と立ち上がった。

「さーて。寒いけど、私たちは初詣に行ってくるわ」

「今からですか？」

「そう。毎年、お父さんと一緒に年を越してすぐに初詣に行くのが恒例なの。そこでおみくじを引いて、甘酒を飲んで……初日の出を見て帰ってくるわ」

ここから少し離れた場所にある大きな神社に行くのだと、ふたりはせっせと準備をし始めた。

「すごく寒いみたいですけど、大丈夫ですか？」

「うん、平気平気。私、暑いのは苦手なんだけど寒いのは大丈夫なの」

「でも……」

今は治療がいち段落して落ち着いているとはいえ、無理をして体調を崩したら大変だとお義母さんのことを心配してしまう。本人が大丈夫と言っているのなら、引き留めなくていいのかもしれないけれど……

「本当に大丈夫よ。お父さんも一緒だから、あの人に温めてもらうわ」

さらっとそんなことを言うお義母さんに面食らって言葉を失う。微笑みながら準備をする様子はすごく楽しそう。

「結婚してから毎年、涼介を妊娠しているときにだって行っていたくらいよ。大切な人と新しい年を迎えて初日の出を見ていると、ああ、私、生きているんだって実感できるの」

お義母さんは、お義父さんとの時間を大切にしている人なんだなと納得した。私はお義母さんの体のことを過剰に心配してしまったけれど、それ以上にやりたいことならば止めるべきではないと理解した。

「心配してくれてありがとう。私たちがいない間、希美ちゃんもゆっくりしていて。疲れたでしょう？」

「いえ、そんな……」

「いいの、いいの。義実家なんて疲れるものなのよ。私もそうだったから。だから、私たちがいない間、のんびり過ごしてね」

そう言って、ふたりはしっかり防寒対策をしたのち、「いってきまーす」と明るい声で出発していった。

「行っちゃったね……。寒そうなのに、本当に大丈夫なのかな……」

「大丈夫だよ。あの人たち、ああ見えて結構アクティブだから。それより、いろいろとやって疲れただろ。ゆっくりしてて」

玄関で見送ったあと、私たちは再びリビングへ戻る。急にふたりきりになってしまって、何だか会話が続かない。ゆっくりしていいと言われたものの、手持ち無沙汰でソワソワしていると、涼介さんが話しかけてきた。

「今のうちにお風呂入ってきたら？」

「え……あぁ、そうだね。そうする」

義実家のお風呂も今日で二回目。昨日よりは少し慣れた手つきで入ることができた。私が入ったあとすぐに涼介さんも入り、リビングに戻ってきたころに歌番組のエンディングが流れる。

「もう年越しだね」

「ああ、そうだな」

まさか今年の年末を涼介さんと過ごすことになろうとは、全く想像していなかった。去年の年末はただの担当者と取引先の関係だったのだから。

パジャマに着替えてソファに座っていると、タオルで頭を拭きながら涼介さんが隣に座った。私と同じシャンプーの香りがして、胸が跳ねる。リラックスしている涼介さんは、いつ見ても格好いい。パリッとスーツを着ているところも素敵だけど、こういう気を抜いているところも、なんていうか……すごくいい。

「……何？　俺の顔に何かついてる？」

「え……っ⁉」

「穴が空きそうなくらい、俺のこと見てるから」

見ていたことがバレてた！　気づかれているとは思っていないところに、急にそんな
ことを言われたので、顔が熱くなる。

「何、考えてたの？」

ぐいっと押し迫られて、逃げ場を失う。これ以上後ろに下がったら、ソファから転げ
落ちてしまいそう。

「いや……何も。特に、そんな……」

「本当？　やけにじっと見てたよね？　俺、変だった？」

「いやいや……っ、そんなことは」

ふーん、と納得していないような声を上げて、私の頬をふにっと掴む。

「すっぴんの希美、すごく可愛い。俺、こっちの方が好きかも」

「え……っ」

「いつもの希美も可愛いけど、すっぴんは俺しか知らないだろ？」

確かに、今まで男性に対してすっぴんなど見せたことがない。朝まで一緒に過ごした

のは涼介さんだけだから。

「そうだね。でも眉毛もなくなるし、唇も色が薄いし、変じゃない……？」

「変じゃないよ。リップをつけていないから、気兼ねなくキスできる」

「……ん！」

唇が触れ合う。涼介さんの顔を近くに感じて、心臓がきゅっと跳ね上がる。軽く触れ合うだけかと思ったのに、何度も重ねられて、そのうち舌が入ってきた。熱い舌先が私の口中をくすぐり、舌を絡ませ合うような深いものに変わっていく。

「……ん、ぅ……っ、だめ……。こんなところで」

義実家のリビングでこんなことしちゃいけないと思うのに、涼介さんの情熱的なキスから離れられない。

なんだか、すごく……求められているみたい。

今すぐ欲しいと言われているような激しいキスに溺れているうちに、ソファに押し倒された。彼に捕らわれたことに、すごく高揚している自分がいる。

「希美の顔、とろとろ。そんな顔したら、止まれなくなる」

「そんな、顔……してない……、ぁんっ」

パジャマの上から胸を揉まれる。下着をつけていないから、すぐに胸の先を見つけられてしまった。彼の指がくすぐるたびに、声が漏れて体が小刻みに震える。

「最近、希美に触れていなかったから……」

「……ん、あぁっ、待って。ここ……リビングだよ」

「じゃあ、俺の部屋に行こう」

「え……っ、ええ……!?」

　返事をする前に、涼介さんは私をお姫様抱っこして二階へ向かった。昨晩も過ごした涼介さんの部屋は、すでに暖房が入っていて暖かくなっていた。

　ベッドの上に下ろされて、彼とお布団が覆い被さってきた。きっと寒くないように配慮してくれているのだろう。

「涼介さん、もしかして……するつもり？」

「さぁ？　どうだろう」

　いじわるな笑みを浮かべて、曖昧（あいまい）な返事をする割に、彼の手はパジャマのボタンをいとも簡単に外していく。

　その間も涼介さんは私の首筋にキスを続けて、甘い吐息を吹きかけてくる。熱を持った唇が触れてくるたび、私の体も熱くなっていく。そっちに気を持っていかれているうちに、パジャマのボタンは全て外され脱がされていた。

「寒くない？」

「……寒くはない、けど……恥ずかしい……」

「そう」

恥ずかしいと言っても止めてはくれない。涼介さんもパジャマを脱いでしまって、肌と肌が触れ合う。

お風呂上がりの温かい体に包まれて、ドキドキが止まらない。涼介さんのすべすべのお肌が気持ちよくて、筋肉のついた男らしい体が逞しい。いい香りで、ずっとこうしていたいと思ってしまうほど心地よかった。

「まだ緊張してる？　体カチカチだけど」

「だって……こんなの、まだ慣れないよ」

学生時代の涼介さんが過ごした思い出いっぱいの部屋で、彼の香りに包まれているとやけに緊張してしまう。

「初心で可愛いところをもっと見ていたいけど……電気消そうか」

ぎゅっとしがみついて体を見られないようにしていると、枕元にあったリモコンで照明を消してくれた。真っ暗になって少し力が抜けたところで、涼介さんが私の髪を、頬を撫でる。

「いちいち反応が可愛いんだよ。いいね、そういうの」

「よくない……。慣れていないのが丸分かりで恥ずかしい」

「それがいいんだって。俺で慣れていけばいいんだから」

「ああ……っ！」

彼の大きな手のひらが私の胸のあたりに進んで、胸を揉みしだく。胸の先がピンと張りつめると、それを見つけた悪戯な指先が優しく捏ね回す。

「……ふ、ァ……んっ」

指で摘まれているだけでも気持ちいいのに、涼介さんはそこを舐め始める。右側は指先で、左側は彼の舌で愛撫されて、私の体は燃えるように熱くなっていく。

初日の出を見てからと聞いてはいるものの、涼介さんのご両親がいつ帰ってくるか分からない状況だからか、私たちはとても急いていたと思う。言葉少なく、夢中で貪るみたいに求め合う。

好き同士じゃないのに……恋人同士でもないのに……こんなふうに求めていいの？

私たちの関係は、偽装夫婦なのにセフレ。恋愛感情がないのに夫婦になって、体を繋げて。夫婦だから求めるべき相手といえば、そうなんだけど……このまま身を任せていていいのか、時々分からなくなる。

涼介さんの手がズボンの中に入り、ショーツの奥に隠されている場所を指で暴いて、溢れる蜜をすくった。

「希美のここ……すごく濡れてる。お風呂に入ったのに……もうこんなふうになったの？」

「……ぁ、ん！　あぁ……」

「声よりも、ここの音のほうが大きいかも」

わざと音をたてるように触られて、腰をくねらせて感じてしまう。

太い指が自由に動き回って、形をなぞっていく。その触れ方が優しくて、気を使ってくれていることが伝わってきた。

「そんなに、音……たてないで。恥ずかしい……」

「そう？　興奮してくれたってことだから、俺は嬉しい」

下着が汚れるほど濡れてしまっている場所に涼介さんの指が入ってくると、中がヒクヒクとうねっているのが分かる。

「……入った。一本じゃ足りないかな」

「あ、あぁ……っ、……これ以上、しないで……」

私の中をぐちゃぐちゃに掻き回す指が、さらに気持ちいい場所を探ってきた。大きく反応してしまう場所を見つけられたあとは、そこばかり攻められておかしくなってしまいそうになる。

「いっぱい気持ちよくなってよ。……ほら、もっとここを可愛がってあげるから」

蜜音がじゅぶじゅぶと激しい音に変わっていく。暗い部屋の中で彼の腕を掴んで、これ以上しないでとお願いするのに、彼の筋張った太い腕は止まらない。

「涼介、さん……わ、たし……もう……」

全身が熱くなって、お腹の奥からジンジンと何かが湧き出てくる。これ以上したらどうなるのか不安なのに、快感に溺れて抵抗できない。

耳を塞ぎたくなるような卑猥な音が響いて、限界が近づいてきていることに気づいた瞬間、頭の中が真っ白になった。枕の端を掴んで、迫ってくる快楽に呑み込まれる。

「あぁ、……ァ、あぁっ、ああん！」

何が何だか分からなくなる。

階段を急速に駆け上がるみたいに昇っていって、そのあと中が痙攣する。涼介さんの指を力いっぱい締め付けて、私は強烈な絶頂に支配された。

「はぁ……はぁ……」

達したことに満足したのか、涼介さんは指を抜いた。

「感じてる希美、すごく可愛い。もっと可愛い声を聞かせて」

「ああ……！　涼介さん……っ」

大きく私の脚を広げたあと、涼介さんの顔が秘部に近づく。熱い吐息を感じたと思ったら、指で広げられて形をなぞるように大胆に舐め上げられた。

「ん、んん……っ。はぁ……、あぁっ――」

密を味わう音がする。果実を食べるみたいに舐める舌と唇。滴る蜜を味わい、蕾を虐めるみたいに転がされる。快感が積み重なり上へ上へと押し上げられて、泣きそうになる。

「もう……だめぇ……これ以上、したら……変になっちゃう……」

「変になってみせて。希美のこと、もっとよくしたい。溺れるくらい、気持ちよくなってほしい」

「やだ……ぁ、だめ……っ、はぅ……っ、ァ、あ、ああ！」

容赦なしの口淫に溺れて、腰が砕けそうになる。脳が痺れて正常な判断ができなくなって、目の前の愉悦に呑み込まれる。

涼介さんに舐められてる……！

そう思うだけで震えるほどの快楽の波がやってくるのだ。舌を挿入されて奥まで舐められると、ヒクヒクと痙攣しながら昇りつめた。

「はぁ……はぁ……」

「上手にできたね。可愛かった。もっと可愛いところを見せて」

涼介さんは、呼吸が乱れて朦朧としている私の頭を撫でながら体勢を整える。うっすら目を開いて彼のほうを見ると、欲情している雄々しい表情が見えた。暗闇の中だから鮮明ではないものの、その表情は妖艶で色気に満ち溢れていた。

そんなに欲しがらないで。その姿に絆されて、何もかも捧げてしまいそうになる。

「希美……入れるよ」

「あ、ああ……っ」

物欲しげにひくついている場所に彼が宛がわれて、蜜を馴染ませるように数回上下に動かされる。それだけで感じて、ビクンと体が大きく仰け反ってしまう。

「だいぶ柔らかくなったみたいだ。希美のここ……ヒクヒクしてる」

「や……ぁ、そんな……」

「……ほら。欲しそうにしてるよ」

中に少し入れられるだけで、きゅうきゅうと締め付ける。もっと奥まで早く欲しいと望む胎内が切なく疼く。いつの間にこんなふうになったのだろう。

「そんな、こと……ない」

そんなに淫らな体になったつもりはない。自ら欲しがるなんて、そんなことはないと抵抗するのに、ぐりぐりと押し込もうとしながらなかなか入ってこない屹立に焦らされる。

「本当に？　じゃあ、ここでやめてもいい？」

「……あっ」

ぬちゃ、と粘着質な音をたてて、彼のものが離れてしまう。いなくなったぬくもりを探して、無意識に腰が揺れた。

「もっと欲しがってくれたら嬉しいのに……まだ俺のことを受け入れてくれていないんだ？　俺は希美の夫なのに……寂しいな」

「そ、それは……」

「希美も俺と同じくらい欲しがってくれてると思っていたけど……残念だな」

ぐずぐずに濡れた場所は、今すぐ欲しくてたまらない状態になっているのに、ここで終わらせられるなんて辛い。でもそんなことを言えず、口ごもっていると、涼介さんは体を倒して耳元で囁く。

「希美が嫌なら、契約解消したほうがいいかもしれないな。離婚して、お互いに元の生活に戻ろうか」

——俺は、望んでいないけど。と付け加えられる。

元の生活に戻ったら、私は東京にいられなくなるし、仕事を辞めなければならない。何より、涼介さんと二度と会えなくなる。夫婦でなくなったら顔を合わせる理由がひとつもないから。

「それは……だめ。離婚、したくない」

「じゃあ、どうすればいいか分かるよね？」

「う……」

選択肢はただひとつ。……素直になること。

「……やめないで……」

「どうしたらいいの？　何をされたい？　ちゃんと言葉で伝えて」

今日の涼介さんは、すごくいじわるだ。耳元で囁かれる低い声にゾクゾクしながら、もうこれ以上抗えないと口を開く。

「涼介さんが欲しい。……入れてほしい」

「入れるだけ？　その先は？」

彼の屹立が再び宛がわれる。今度は焦らさず、ゆっくりと少しずつ埋まっていく。

「最後まで……入れて」

「こう？」

ふたりの肌が隙間のないほど密着して、根元まで入った。お腹の奥が苦しいほどに彼でいっぱいになって、呼吸がうまくできない。苦しくて切ないのに気持ちよくて、恍惚とする瞬間だった。

「あ、ん、あぁ……そう……っ」

「これだけでいいの？　入れてるだけ？」

最奥にねじ込まれているだけでも、震えるほど気持ちいいけれど、きっとこれだけじゃない。もっと気持ちよくなるためには、これでは足りない。

「涼介さんの、いじわる……」

「いじわるだよ。希美から、ちゃんと言ってくれるまで止めない」

「ああっ！」

ずず、と引き抜かれて、もう一度奥まで挿し込まれる。その擦れる感覚に眩暈がして、燻っていた快感が引き起こされる。

「……どう？　これでいい？」

「ゃ……ああっ、ちが……ァ、ああ……んっ！　いっぱい……」

「いっぱい、何？　どうしてほしいの？」

「いっぱい……突いて……っ」

私の膝頭を押し上げて、涼介さんが体勢を整える。そして嬉しそうに私を見下ろしてきた。

「いっぱい突いたら、希美はどうなるの？」

「ああ……っ、あん……気持ちい、い……の……」

恥ずかしさで体が燃え上がる。こんなことを言わされるなんて、涙が零れるほど恥ずかしい。でもちゃんと伝えないと離婚だと言われてしまったら、やるしかない。

「そう。俺ので突かれたら、気持ちいいんだ？　セックスの気持ちよさが分かってきたみたいで、俺も教え甲斐があるよ」

「あ、ああっ！　あん！　ああ……っ」

涼介さんは、リズミカルに突き上げ始める。腰がぶつかるたびに、意識が飛ぶくらいの快感が押し寄せてくる。まだ繋がったばかりなのに、もう壊れるほど感じている。

「……あ、除夜の鐘が聞こえてきた」

涼介さんの言葉を聞いて、外の音に耳を傾けた。ゴーン、と遠くのほうで鐘を打つ音がしている。もうすぐ新しい年が始まるのに、涼介さんと体を重ねているなんて。

「セックスしながら年越しなんて、初めてだ」

「ああ……っ」

「いいな、こういうの。すごく……エロい」

抽送されるたび、ベッドがギシギシと音をたてる。熱い布団の中で、ふたりの体温が混ざり合って頭がぼんやりしてくる。涼介さんの背中に手を回して、一生懸命しがみつきながら彼の全部を受け入れる。

「希美の中……すごくいい。腰が砕けそう」

甘い声で囁かれて、好きだと言われているみたい。愛しているからセックスしているような仕草で、好かれているのではと感じてしまう。けど、これはそういう意味じゃない。きっと、涼介さんのクセなのだろう。相手が誰であっても、こういうことはする。私はセフレ。セックスするだけの相手。だから真に受けてはいけない。

けど……

「痛く……ない？」

「あぁ……っ、いたく、な……いよ……ああっ！」

「よかった……。俺も、すごく気持ちいい。……っ、はぁ……」

そんな切なげで気持ちよさそうな顔しないで。私……初めての夜に見たときから、その表情が好きだ。その顔を見たら、何をされてもいいって思ってしまう。全てを捧げてもいいと思えるほど、この瞬間が好き。

涼介さんが気持ちよさそうにしていると、私も気持ちいい。その顔を見ていると、胸がきゅんと疼いてたまらない。

他の人には見せない涼介さんを見ることができて嬉しいし、この時間がずっと続けばいいのにと思う。

「私も……気持ちいい……っ」

思ったことを素直に伝えると、涼介さんは嬉しそうに微笑んで、もう一度キスをした。息ができないほどの激しいキスをしながら、深いところまで突き上げられる。

「あ……あぁ……。あぁ……ッ！」

最奥に彼が届いて、苦しいけれど気持ちいい。何度も穿たれて声が出なくなるほど感じる。

めちゃくちゃにされて、私の中が涼介さんでいっぱいになって……

もう彼のことしか考えられなくなっていた。

「明けましておめでとう」

「……おめでとう……ございます」

ぐったりとした私の顔を、ベッドに座った涼介さんが覗き込んでくる。どうして事後もすごく爽やかかな。運動をしてリフレッシュしたと言わんばかりにスッキリとした顔で、楽しそうに私を見てくる。

そのやけに明るい笑顔が癪で、私はちょっとだけ不機嫌になる。

「シーツ洗おうか。すごくシミができてる。悪いけど、下の布団に移動してくれる？」

「え……っ？」

涼介さんの言っている意味が分からなくて、目をぱちくりさせる。だけどすぐにはっとしてお尻のあたりに手を近づけてみると、ひんやりとした感覚がした。

「え……っ、何これ……？」

「希美がいっぱい感じてくれた証」

シーツの色が変わってる。漏らしたのではと心配になるくらい濡れていて、即座にその場から離れた。

「ごめんなさい!!　私、洗濯します！」

「いいよ、いいよ。気にしないで、俺がやるから」

「でも……」

これはマズい。涼介さんはそう言ってくれるけど、私が責任を持って処理をしないと。

とにかく裸でいたら何もできない、とベッドの下に落ちているパジャマを手に取る。

急いでパジャマを着ようとすると、涼介さんはズボンだけを取り上げた。

「これは着ないで。その可愛い太ももも見ていたいから」

「ええ……っ?」

上だけパジャマを着て、下はショーツのみ。その状態でいることを命じられて、どうしたものかと戸惑う。

「その姿でいてくれるなら、一緒にランドリールームまで行こうか」

「うう……」

こんな格好で家の中をうろついていて、万が一ご両親が帰ってきたらどうするつもりなんだろう。でも、私のせいで汚れてしまったシーツを彼に押し付けるわけにもいかない。

「……行く」

彼の思うつぼだと分かりつつも、そのまま一階にあるランドリールームへ向かった。

上半身裸で、パジャマのズボンだけを穿(は)いた涼介さんと、パジャマの上だけ着て下はショーツの私はドラム式の洗濯機にシーツを詰め込んでスタートボタンを押した。

「お義父さんとお義母さんが帰ってくるまでに乾くかな？」

「乾燥機もついてるし、乾くよ。あの人たち、本気で朝まで帰ってこないから」

今の時刻は一時。朝までの間に乾いてくれることを祈っていると、背後から涼介さんが体をぴったりと密着させてきた。

「涼介さん……？」

「希美の可愛いお尻を見ていたら、またしたくなってきた」

「ええ……っ⁉」

し終わったばかりなのに、なぜ、そんなすぐにスイッチ入るの！

と鋭いツッコミなどできず、驚いて言葉を失っているうちに、ショーツに指を引っかけられてずるりと下ろされてしまった。

「入れていい？」

「だめだよ、こんなところで……！」

「誰もいないんだし、いいだろ？」

よくない、よくない。ここはあなたの実家なんだよ。私たちの生活している場所じゃないのに、こんなことしていいわけない……！

「ああっ！」

拒もうとしている間に、涼介さんは私のお尻を割って、奥に隠されていた場所に自身を埋めこんだ。その衝撃でバランスを崩しそうになり、目の前にあった洗面化粧台に手をついて体を支える。

「だめ……っ、涼介さん……！」

「だめじゃない。希美のここは、すごく喜んでいるみたいだよ」

ぬるぬるに濡れた状態のそこは、彼が来て嬉しいと言わんばかりに締め付けている。

さっき絶頂を味わったばかりで敏感なままだったので、すぐにまたイキそうになる。

すると涼介さんの手が背後から伸びてきて、パジャマのボタンを上からふたつ外された。

「ねぇ……前見て」

言われた通り前を見てみると、大きな三面鏡に私の乱れた姿が映っていた。

「やだ、こんなの……！」

目の前に映る自分を見て、羞恥心が湧き上がる。

ボタンが外れて乱れたパジャマからは、突かれるたびに揺れる胸が見え隠れしていた。

背後にはいじわるそうに微笑む涼介さんがいる。鍛え上げられた上半身がセクシーだ。

そんな涼介さんに犯されてぐちゃぐちゃになっている私の姿が――

「恥ずかしい……もう、やめて……」

やめてほしいけど、燃え上がる体を止められない。涼介さんに腰を掴まれ、ガツガツと突き上げられて、痺れるほど感じている。

背後から迫る衝動に耐えるのに必死で、涙を零しながら喘ぎ続ける。

「希美のその顔……すごくクる」

私の様子に興奮している涼介さんを見て、私も一緒に高まっていく。何が何だか分からないくらい気持ちよくなって、私たちは絶頂へ駆け上がった。

年始早々二回もしてしまうなんて、どういうことだと自身に問いたくなるくらい、理性を失っていた。

結局事後はそのまま一緒にお風呂に入り、洗濯も無事に終えて、ご両親が帰ってくるころには何事もなかったかのように眠った。

7

義実家で過ごしたあと、うちの実家へ行く予定だったのに、両親ともどもインフルエンザに罹患したと一報が来て、今回の帰省は見送ってほしいと言われた。周辺の地域にもインフルエンザが蔓延しているらしく、来ると移してしまうかもしれないからとの理由だった。

去年は結婚式を挙げたから、親戚一同と顔も合わせているし、年始に行かなくてもいいかと判断して、私たちは東京で過ごすことにした。

飛行機のチケットは払い戻しできたから問題はないし、実家に帰らないのであれば、ゆっくりする時間が増える。それはそれで充実したお正月になると喜んだ。

「それなのに、これは一体……」

涼介さんの実家から帰ったあと、一度は自宅に帰った。久しぶりのひとりの時間だと思っていたところに、涼介さんからの呼び出し。

『——今から会いに行っていい？』

ストレートなメールに胸が跳ねる。

いやいやいや、ついさっきまで一緒にいたじゃない。それなのに……会いに来るってどういうこと？

心拍数がおかしなことになって、全然落ち着かない。承諾するべきか、断るべきか悩んでいる間に、『もう着いた』と言われ……

「どうぞ」

マンションの前に到着した涼介さんを追い返すわけにもいかず、部屋の中に招いた。年末に大掃除をしていてよかった。

「結婚祝いのときにもらったワインを持ってきたから、一緒に飲もう」

「これ……ボトルに私たちの名前が入ってるんだ」

「そう。おつまみも用意してきた」

チーズや生ハムを持ってきてくれて、私たちはまだ明るい時間から酒盛りをすることになった。お正月はいつもと違って特別だし、お昼から飲んでもいいかなという気になる。

普段あまり使わなかったワイングラスを出して、私たちは「Happy Wedding」と書かれたワインボトルを挟んで飲み始めた。

「あー、美味しい」

「だろ？　飲みやすいよな」

なんて言いながら飲んでいるうちに、酔いが回ってきた。外で飲むときは、ちゃんと家に帰らないといけないと気が張っているけど、家だとリラックスしているせいか酔いの回りが早い。

「ちょっと酔ったかも……」

「少し休めば？　ベッドに行く？」

「……うん、横になろうかな……」

ふわふわしてきたから、ベッドで横になったのだけど……気がつけば、涼介さんもベッドの中にいて。

「服、苦しくない？」

「え……あ、うん。そうかも」

「じゃあ、脱がせてあげる」

と言われ、そのまま夫婦の営み的なことが行われたわけで。

「なんで拒否できないかな……」

あの圧倒的な色気で迫られると、断ることができない。少しでも隙があると、嫌じゃないことを見透かされて押し切られてしまう。

そうして仕事始めの日まで、何やかんやで毎日涼介さんと過ごしていた。……しかもエッチつきで。

涼介さんって、もしかして……何ていうか……性欲が強い？

いや、他の人と比べてないから分からないけど……毎日、一日二回くらいのペースでしている。それって多いほうじゃないのかな？

でも、ふたりでいることが楽しくて、淫らで、どんどん溺れていくのが自分でも分かった。体を重ねるたびによくなって、触れ合っていることが心地いい。

体だけの不埒な関係になっていると分かっているのに、それを止められない。

「応えてもらえないのなら、夫婦関係を解消しようか」と言われるたび、嫌だとすがりつくしかできない。

でもそう言われるから、彼の要求を呑むことができるわけで。何も理由がなければ、素直に応えられなかっただろう。

「はけ口にされているだけなのに……どうして」

どうして帰り際、離れがたいんだろう？

一緒にいないと涼介さんのことが気になって仕方ない。離れていると、寂しいと感じる。これは一体何なんだろう……。その感情に振り回されながら、今日も落ち着かないまま過ごしている。

一月の半ばになり、春の新商品の広告についての作業も佳境に入ってきた。

溜まっていたメールの処理を終えて、デスクで伸びをしていると、バタバタと足音が近づいてきた。誰だろうと音のするほうに視線を向けると、そこには嬉しそうな顔で駆け寄ってくる西野さんがいた。

「じゃじゃーん、希美さん、見てください!!」

「あれ……これって」

彼女が出してきたのは、来シーズンからスタートするＧＡＧＡＤＯとの企画書が映し出されたタブレット端末だった。

「今回から私もＧＡＧＡＤＯ担当になったんです。見てください、この資料っ」

「すごいじゃない。これ、西野さんが考えたの？」

「そうなんです。この前のコンペで優秀賞に選ばれて、企画を立ち上げることになったんです」

究極のダイエット企画としてモニターを募り、ネット番組でその様子を放送するというものだ。長期にわたる企画であり、『体に無理なく栄養をしっかり取りながら痩せる』という目的でうちの製品や、料理を駆使して健康を目指す。もちろんGAGADOのアプリも使用するので、相乗効果を狙っている。

「このネット番組もGAGADOのアプリで見られるものなんだよね？」

「そうなんです。最近はテレビよりもこっちのほうが注目度高いですし、いいかなって。ああ……憧れのGAGADOの社長と仕事できる～って、思ったんですけど、希美さんの旦那さんになっちゃったからなぁー。残念」

「残念って何。残念って」

あはは、と軽快に笑う西野さんは、私にぐいっと近づいてくる。

「ぶっちゃけ、旦那さんとどうやって仲良くなったんですか？」

「え……っ」

「あんなハイスペックな男性を落とせるなんて、希美さんはどんなテクニックを持っているんですか。私にも伝授してください」

そんなことを聞かれても、苦笑いして適当に流すしかできない。そもそも落とせてなんていないし、籍は入っているもののセフレにしかなれていない。

「今度旦那さんに会ったら聞いてみようっと」

彼は何と答えるのだろう。私よりも上手にかわしてくれるだろうか。

私のいいところを並べて、西野さんが納得するような話をしてくれるかもしれない。

嘘だと分かっていても、その内容が気になる。

「じゃ、お疲れさまです～」

上機嫌な彼女は、そのまま自分のデスクへ戻っていった。というか、西野さん彼氏いるんだよね。ハイスペックな男性を落とす方法なんて知らなくてもいいのでは……。まぁ、いいか。

天真爛漫（てんしんらんまん）な西野さんが羨（うらや）ましい。彼女ならきっとこんなふうにウジウジ悩んだりしないだろうし、そもそも男性から愛されてる。今まで一度もまともな恋愛をしてきていない私とは違う。経験の差を感じて悲しくなってきた。

気を取り直して再び仕事をしようと、商品ＰＲに使用しているＳＮＳを開く。微妙に注目を浴びたことで、私の写真をたびたびアップするようになったのだが、たくさんの人が反応してくれて嬉しい反面、ネットに顔を晒（さら）すのが怖いと思うこともある。

現に何人か執拗（しつよう）にコメントをよこす人がいたらしく、ブロックしたと聞いた。けど、そんな人ばかりではない。純粋に商品に興味を持ってコメントをくれる人もいるし、私のアップする写真にいい反応をしてくれる人もいる。

少しでも売り上げに繋(つな)がればいいなと思いながら、近況の写真をアップしたところで、私の過去の投稿にいいねをしてくれているGAGADOのアカウントを見つけた。

——もしかして、涼介さんだったりして。

そんな淡い期待をして、そのアカウントをタップしてみると、GAGADOのページが開く。以前に社内の様子を上げていると言われたことを思い出し、その中に涼介さんの姿がないか探した。

「あ、いた」

数枚写真を見たところで、涼介さんが執務机に向かっている様子が載っていた。

わぁ……仕事中の涼介さんだ。相変わらず格好いい。

GAGADOの社長室はこんな感じなんだと思いながら、数枚ある写真をスワイプしていたら、綺麗な女性と一緒に映っているものを見つけた。

「これ……」

社長室で一緒に映っている、はっと目を引くような美しい女性。私と同じくらいの年齢で、髪をかき上げている仕草が色気たっぷりで目が釘付けになる。きっちりとしたスーツを着ているにもかかわらず、このだだ漏れしている色気は何だろうと、まじまじと見つめる。

っていうか、ふたりお似合いすぎない？　誰だろう、この人。

「うーん……気になる」

コメントを見ていると、彼女が秘書だと書いてあった。そういえば、この女性に結婚式のときに挨拶(あいさつ)されたことを思い出す。でもあのときは振り袖を着ていたし、写真とは全然雰囲気が違った。

そのあとも、その女性の写真を数枚見たが、どれもこれもため息が出るほど美しい。きりっとした目元が印象的で、私とは全然タイプが違う。こんなに綺麗な人の傍で仕事をしていたら、何か間違いが起きるんじゃないかと怪しんでしまうほど、絵になるふたりだ。

それ以外にも……女性社員、どの人も綺麗すぎじゃない？　顔で選んでいるんじゃないかと思うほど美女揃いだ。こんなに綺麗な人たちに囲まれて仕事しているなんて、私聞いていない！

「ああ、もう。見るの、止めよう」

涼介さんが普段どんなふうに仕事をしているのか見たかっただけなのに、綺麗な女の人と一緒にいるのを見て嫌な気持ちになる。心がモヤモヤして、ため息が漏れた。

――秘書の人とは、ずっと一緒にいて恋愛関係にならなかったのかな。綺麗な人だけど、そういう対象ではないの？

それとも、元カノだったりして。結婚には至らなかったけど、仕事上のパートナーとしては彼女がいい、みたいな。

いやいや、涼介さんはそういうことをする人じゃないはず。だったら、恋愛対象ではないってこと？　あんなに綺麗な人なのに？　うーん……

微妙に気落ちしながら仕事を続け、きりのいいところで退勤することにした。

私たちって夫婦だけど、お互いのことを全然知らないんだな。今まで涼介さんがどういう恋愛をしてきたのかも知らないし、恋人が何人いたのかも知らない。

そもそもエッチだってすごく慣れているし、当然他の女の人を抱いたことがあるはずだ。他の女の人にも、私にしているみたいなことをしたのかと思うと、究極にモヤつく。

いい年齢だし、私と違って誰とも付き合った経験がないなんてことはないのも分かってるのに……この気持ちは何なんだろう。

「あー、もう嫌だ。今日は久しぶりに飲もう」

社員証をセキュリティ端末にかざしてエントランスに出ると、スマートなビジネスコート姿の男性が立っているのが目に入った。

あ、涼介さんだ。

もしかしてうちの会社に用事があって来ていたのかな、と近づいていくと、彼の前にうちの会社に出入りしている女性――人材派遣の営業担当がいるのが見えた。

この三十代の営業担当は、メガネをかけていて真面目そうな雰囲気の、なかなかの美人さんだ。彼女は涼介さんと楽しそうに話しながら、少し頬を赤らめている。

おうおう。あらゆるタイプの美人から言い寄られているじゃないか。

とはいえ、ふたりは仕事上の付き合いがあるようで、純粋に仕事の話をしている様子だけど……完全に女性のほうからは甘い空気が発せられている。

このままスルーして帰ろうかと思った瞬間、涼介さんが私の存在に気がつき、こちらに向かって手を上げた。

「お疲れさま。一緒に帰ろうと思って待っていたんだ」

営業担当に別れを告げ、涼介さんは私のほうに駆け寄る。

「お話し中だったのに、大丈夫？」

「大丈夫。たまたまここで会ったから挨拶しただけ」

そう……だよね。相手はともかく、涼介さんは仕事上の挨拶をしただけだ。深い意味はない。だから余計な詮索はしなくていいのに、さっきのＳＮＳのせいで卑屈になっている。

「もう仕事終わったの？」

「うん、早く切り上げてきた。希美に会いたくて。今日は予定のない曜日だったよね？」

それって、エッチがしたいから？

なんて皮肉を心で呟く。きっとそんなことはないんだろうけど、自分の全然可愛くない思考が嫌になる。

「……希美？」

「あ、ああ、うん。そう」

「行こう」

ひとりで飲んで帰ろうと思っていたのに、結局涼介さんに連れられて食事に行くことになってしまった。落ち着きのある和食のお店の個室で食事をする。とても美味しいのに、心が弾まない。

「今日の希美は元気ないな。何かあった？」

「ううん……別に」

「そうかな？」

心配そうに顔を覗き込まれ、視線を逸らしてしまう。

こういうとき、どんな態度を取ればいいの？　いつも通り笑顔で過ごすべきだと思うのに、感情のコントロールがうまくできない。嫌な気持ちに覆われた心をどうすればいいか分からない。

するとテーブルを挟んで向かい合っていた涼介さんは、立ち上がって私の隣に座った。凛々しく整った顔が近づいて、こんな浮かないときでも胸が騒ぎ出す。

「何があった？　仕事で嫌なことがあったのか？」

「そんなんじゃないよ」

「じゃあ、何だろう。友達と何かあった？　それともご両親？」

「違うよ」

かぶりを振って否定するものの、選択肢が少なくなっていけば、おのずと涼介さんのことで悩んでいるとバレてしまう。どうにかしないと、と話題を変えるべく顔を上げると、視線がぶつかる。

「じゃあ、俺？」

「ち、違う……っ」

「俺でしょ」

否定しようとするのに、すかさず言葉を重ねられて何も言えなくなる。核心をつく鋭い瞳に見つめられると、嘘がつけない。

「俺のこと、嫌になった？」

「……っ、そんなんじゃ……」

「じゃあ、何か困らせることした？」

そうではないと否定しても、彼は納得しない。距離を詰められて、ふたりの間に隙間がなくなってしまった。

「言わないと、ここでキスするよ」

「……本当に、違うの。だから――」

「隠さないで。ちゃんと話して」

涼介さんの手が私の頬に触れる。じっと見つめられて、心臓がうるさいほど鳴って、ドキドキが止まらない。

涼介さんが他の女の人と写真に写っていたのが嫌だった、なんて言える？

今までどんな恋愛をしてきたのか気になって、モヤモヤしているなんて言えないよ。

偽装夫婦の妻がこんなことを思っているなんて知られたら、きっと面倒くさがられる。

だから言えない。

「う……」

追い詰められて、どうすればいいか分からなくて、目に涙が浮かぶ。ここで泣いたらいけないと思うのに、泣きそうになっている顔を隠せない。

「どうして泣いてるの？」

涼介さんが悪いわけじゃないのに、困らせてしまって申し訳なくなる。頬を伝った涙を、彼の指が拭（ぬぐ）ってくれた。

「何でも言ってくれていい。全部受け止めるし、悪いところがあるなら直すから」

「本当に、涼介さんは悪くないの。私が勝手に……変なことを思っただけだから」

もともと結婚するときに、恋愛は自由だと言っていた。だから秘書さんと恋愛関係だろうが、他の人と寝ていようが、干渉することではない。そう分かっているはずなのに、それがすごく嫌だと思ってしまった。

言うべきではない。だけど、言わないと涼介さんまで悩ませることになる。

「引かないで聞いてほしいんだけど……」

「引かないよ。何でも話して」

「SNS、見たの。涼介さんの会社の……秘書さん、すごく綺麗だよね。あんな綺麗な人といて、恋愛に発展したりしないの？」

私の話を聞いて、涼介さんは面食らったような表情で固まってしまった。

やっぱり引いた？　何を言い出したんだと、不審に思われたかも……。

言った傍から後悔しそうになったところで、涼介さんは嬉しそうに微笑む。

「ならないよ。彼女は秘書としては優秀だけど、恋愛対象じゃない。それに、彼女には恋人がいる」

「恋人がいなかったら、狙ってた？」

「狙わないよ。俺のタイプじゃないし」

「本当？　あんなに綺麗なのに？」

そんなわけない、と身を乗り出して質問するのに、涼介さんはどこか嬉しそう。どうしてそんなに嬉しそうに笑っているのか分からない。

「涼介さんのタイプってよく分からない。私が男だったら、あの人のこと好きになってる」

「人それぞれ好みがあるだろう。皆が皆、同じとは限らない」

「じゃあ、どんな人がタイプなの？」

そう迫ったら、突然キスをされてしまった。一瞬の触れ合いだったのに、離れたあとの唇が熱い。

「秘密」

「ずるい……」

不貞腐(ふてくさ)れて言うと、もう一度口づけされた。今度はもう少しだけ長くて、何度か触れ合わせる。

「俺に興味を持ってくれて嬉しい」

「どういう意味？　別にそういうつもりじゃ……」

「いいよ、気にしないで」

よしよしと私の頭を撫でて慰(なぐさ)めたあと、あの秘書さんは男らしい性格ゆえに、自分より更に男らしい人が好みのようで、恋人はムキムキの格闘家だと話してくれた。

そんな恋人がいるのなら涼介さんと深い仲にはならなそうだと安心する。……ん、安心って？

何を心配していたのだろう、と考えていると、涼介さんに聞かれた。

「それ以外は？　もうない？」
「うーん……」
「その反応はあるな」
　言って？　と迫られる。言わないのなら、もっとエッチなキスをするよと脅迫される
と、言わざるを得なくなる。
「涼介さんは、今まで何人くらいの人と付き合った？　色んなことにすごく慣れている
みたいだから……気になって」
　そう言うと、さっきまでの笑みが消えて、涼介さんの顔が真剣な表情に変わる。
「正直に話してもいいけど、希美はそれを聞いていい気持ちにはならないはずだ。希美
が言う通り、経験がそれなりにあることは否定しない。でもそれは過去の話。これから
増えることはない」
「そうかな……？」
「希美が離婚しないでいてくれるなら、増えないだろ？」
「それって、私が相手をするから……ってこと？」
「俺は、希美だけのものだってこと。他の人とはもう二度としない」
　卑屈な受け取り方をしたのに、最後のひとことで救われる。都合のいい女として扱わ
れているのではなく、私とだからしているのだと言ってもらえて嬉しくなる。

「今までの経験は、全部希美を悦ばせるための練習だったんだって思ってる」

「また、そんな……それは言いすぎだよ」

「割と本気でそう思っているんだけどな」

涼介さんは経験豊富だから、言葉巧みに私の機嫌を直してくれているんだろう。この会話が嘘だったとしても、それを本当だと信じたいと思う気持ちが勝る。単純だけど、さっきまでの憂鬱が晴れていた。

打ち明けてよかった……。素直に話せば、こんなにすぐに安心できるなんて知らなかった。

自然と顔が緩む私のことを抱き寄せて、涼介さんが耳元で囁く。

「こんなに可愛いことを言う奥さんを、今すぐ家に連れて帰ってもいい？」

「え……っ」

「ここで襲わなかったことを、ベッドの上で褒めてほしい」

熱っぽい瞳に見つめられて、それだけで彼に躾けられた体が疼く。

曖昧な関係に堕ちていく。何度も愛されているみたいに求められて……私たちの本当の関係が何なのか分からない。

それでもいい。嘘でも、傷ついてもいい。それでもいいから、涼介さんの傍にいたいと思うのは、変なのかな……？

騙されていたとしても構わない。もう戻れない道を歩き出していることは分かっている。どんな結果になっても後悔しない。その覚悟を持って彼についていくことを決めた。

＊＊＊

二月に入り、そろそろバレンタインデーだとテレビでも特集されるようになった。今年も百貨店では大きな催事をやっていて、日本初上陸だというフランスのパティシエールが作ったチョコが販売されるらしい。驚くような高価な品で、材料に何を使ったらこの価格になるのか逆に気になる。

来週はバレンタインか。一応旦那さまなわけだし、涼介さんにあげたほうがいい、よね。手作りは重たいと感じられるかもしれないから、ここはやっぱりメディアで紹介されているようなチョコを買って渡すのがいいのかも。

日本初上陸のチョコも気になるし、百貨店で買っておこう。もし渡せなかったら、自分で食べればいいし、と思うことにして。

相変わらず私たちは週末に会って、体を重ねる関係を続けていた。だいたい週の半ばから、今週末は誘われるのかなとドキドキしはじめる。そのせいで、休憩時間になるとメールが来ていないかスマホを頻繁にチェックしてしまう。

しかし二月に入ってから、ぱったりと手を出されなくなった。

外で会っても必ず最後は涼介さんの家に行っていたのに、最近は何もなくて肩透かしをくらった気分を味わっている。手を出されなくても問題ないはずが、なぜか寂しく感じたりして。

私ってば、何を考えてるの。別に毎回セックスする必要なんて、ないんだし。明日の予定とか、コンディションとか気分が乗らないとか、相手にだっていろいろある。

今度会うときは、するのかな……なんて思ってしまって、いやいやいや、とかぶりを振る。

別にしなくていい。セフレだなんて不純な関係、長く続けるものではない。だから、このまま健全な夫婦に戻れるのなら、そのほうがいい。

タイミングよく、バレンタインデーの前日に涼介さんの会社関係の方との食事会に行くことになった。相手方も夫婦で参加し、妻同士も交流を深める。二時間程度の食事会を終えて、涼介さんとタクシーに乗り込んだところで、私はバッグからチョコを取り出した。

「あの……これ。涼介さんに」

「え……？」

「明日バレンタインデーでしょ？　いつもお世話になっているから、そのお礼に。どうぞ」

買うものを決めていったはずなのに、お店の前で「涼介さんは甘いものが好きかな？」と急に不安になって、あれこれ頭を悩ませた。もっと日常使いできるような物のほうが喜ばれるのか、それともシンプルにチョコがいいのか。チョコにするとしても、甘いものよりビターなほうが好きかなとか……。

男性に贈り物なんてしたことがないから、さっぱり分からない。涼介さんが何を好きで、何に喜ぶのか全く知らないのだと改めて思い知ることになった。

結局悩みに悩んで、最初に決めていたあの日本初上陸のチョコにすることにした。これならビターチョコとスウィートチョコの両方が入っているし、日本初上陸だから今までもらったことはないだろうと考えたのだ。

もし好きじゃないと言われたら、今度は違う物にすればいい。とりあえず今回は、いつもの感謝の気持ちを込めてこれを贈ることにした。

「俺のために用意してくれたの？」

「……うん」

「嬉しい、ありがとう」

私の手からチョコを受け取り、はにかむように微笑む。その笑顔を見ると、こちらも思わず照れて俯（うつむ）いてしまった。直視できないほどの甘い表情に、ドキドキが止まらなくなる。

嬉しいと言ってもらえてよかった。そして涼介さんの喜ぶ姿を見られて、こちらのほうこそ嬉しくなる。

「そのお返しと言ってはなんだけど、明後日の朝から予定をあけてほしい。一緒に行きたいところがあるんだ。……大丈夫？」

「う、うん。大丈夫」

一緒に行きたいところって、どこだろう？

不思議に思って顔を上げると、涼介さんは私のことをじっと熱く見つめていた。

「もしかしたら、明後日の夜は帰してあげられないかもしれない」

「え……っ、ええ……？」

帰してあげられないかも、なんて言われて、過剰に反応して頬を熱くしてしまった。

それって、どういう意味……？

頭の中には、今まで彼と過ごしてきた数々の夜が思い出されて、頭の中がパンクしそうになる。

「希美はエッチだな。……変なことを想像してるだろ」

「な、ななな……！」

何で分かったの、と余計に恥ずかしくなる。そうじゃないとすぐに否定すればいいものを、そのまま慌てて何も反論できずにいると、目を細めて涼介さんは笑った。

「その反応、面白いな。明後日は遅くなるだろうし、着替えを用意してきて。防寒対策もしっかりね。それから動きやすい格好のほうがいい」

結局最後までどこに行くかは知らされないまま、当日を迎えた。

涼介さんに言われた通り、寒さ対策にハイネックのニットを着て、ストレッチの効いたタイトなパンツを穿く。その上にダウンコートを着て、スニーカーを合わせた。

着替えも同じような格好にしておいて、バッグに入れる。

マンションを出ると、すでに到着していた涼介さんが車の中で待っていた。彼も動きやすいカジュアルな格好をしている。いつもはスーツを着てビシッと決めているのに、今日は親しみやすい雰囲気で、そのギャップにドキドキする。

ヘアスタイルも、いつもよりラフで若く見える。イケメンはどんな髪形でも似合うんだなぁ……ああ、もう……格好いい。

見惚れてしまいそうになるのを堪えて、普段と違う彼に緊張していることを隠しながら明るく挨拶をする。

「おはよう」

今は八時ちょうど。こんな時間から動きやすい格好をして、どこに行くのだろう。

どこか分からないけど、一昨日からずっとワクワクしている。涼介さんはいつも楽しいところとか、私の知らないところへ連れて行ってくれるから、きっと期待できる場所に違いない。

「おはよう。じゃあさっそく向かうから、乗って」

「うん」

助手席に乗ると、すぐに出発した。それからしばらく車を走らせて到着したのは、最近できたばかりの日本最大級のアミューズメントパークだった。海外で爆発的な人気を誇っている猫のキャラクターをモチーフにしたそこは、子どもから大人まで大人気で、現在チケットを取るのが困難だと聞いている。

スムーズに遊べるように入場制限がかけられていて、入れるのは抽選で選ばれた人たちだけ。抽選の倍率も大変なことになっているのに、涼介さんはここのチケットを持っているという。

しかも渡されたのは、通常のパークエリアと、少し離れた場所にあるベイエリアの両方を回れる2daysチケットだった。

「なんで、ここのチケットを持っているの？　すごくない⁉」

「実はここを運営している会社と取り引きがあるんだ。パーク内で使用するアプリの開発に携わっていて。だからだよ」

ええーっ。GAGADOがすごいとは分かっていたつもりだったけど、この事業にまで関わっていたなんて驚きだ。私の想像を遥かに超える仕事ぶりに恐れおののく。

「涼介さん、すごすぎる……」

「本当？　もっと褒めてくれる？　俺、褒められて伸びるタイプなんだよね」

「もう」

ふたりで顔を合わせて噴き出す。冗談を言い合いながら、私たちは入場ゲートに向かうことにした。

中に入ると、すでに大勢のお客さんで賑わっており、人気のキャラクターのグリーティングが行われていた。キャラの着ぐるみの周りには人だかりで、次から次へと写真撮影されている。

「わー、すごい人気だ」

「そうだな。海外でとても人気みたいだから、日本でも同じなんだろう」

猫のキャラクターは、顔も仕草もすごく愛らしい。これまであまり興味がなかったが、こうして実物を見ると魅了されてしまう。

キャラクターの周りには、女子高生らしき若い女の子たちがいて、猫耳のカチューシャをつけている。

わー。あの子たち、可愛いなぁ。

私も十代だったら何の抵抗もなくつけられるのかな、なんて羨ましく思っていると、涼介さんが私の顔を覗き込んできた。

「俺たちも写真を撮ってもらおうか」

「え……？」

「猫耳もつける？　希美がやりたいなら、俺も一緒にやるよ」

いやいや、と慌てて否定する私の手を引いて、涼介さんはストアへ向かう。

「せっかく来たんだから、やりたいことは全部やろう」

「でも……私、女子高生みたいに若くないよ？」

「年齢なんて関係ないだろ。こういうのは、いくつになってもやるべき」

そうなの？　涼介さんはそういうのも、何の抵抗もなくつけられる感じなんだ？

でもきっと、私がつけたそうにしているのを見て、そう言ってくれたんだよね。中にはこんなの絶対にしたくないって言う人だっているだろうに、涼介さんは私のことを思ってやろうと言ってくれた。

「じゃあ、お揃いのをつけたい……。いいかな？」

「うん、そうしよう」

メインストリートにある一番大きなストアに入り、そこで猫耳のカチューシャとお揃いのパーカーを買って、がっつりと楽しむ格好に変身した。

何だかワクワクしてきた。こういうところに来たのなら、思う存分楽しんだほうがいい。それに、涼介さんが慣れていない私をグイグイと引っ張っていってくれるのが、とてもありがたい。

恥ずかしげもなくペアルックの格好をして、照れちゃうけど嬉しくて、くすぐったい気持ちになる。

急に手を繋（つな）がれて、キャラクターのもとへ歩き出す。順番に列に並んで、私たちの番になると、キャラクターを挟んで近くにいたスタッフの方にスリーショットを撮ってもらった。

そのあとも手は繋（つな）いだままだ。お揃いの猫耳をつけて、ペアの服を着て……周りから見れば、恋人みたいなのかな。

テンションが上がり彼の手を握り返すと、涼介さんは奥にあるアトラクションに乗ろうと歩き出した。

パークは遊園地でありながら、このキャラクターたちの世界観を味わえるように徹底されていて、別世界に来たみたいだ。このパークで一番人気のジェットコースターや、急流下りのアトラクション、それからお化け屋敷型のアトラクションなど、人気の乗り物はほぼ制覇した。

「涼介さんって、ハードな乗り物も平気なんだね」

「そうだよ。スカッとするから楽しい。希美は苦手？」

「苦手ってわけじゃないけど、あまりこういう場所に慣れていなくて」

今まで彼氏がいなくて、男性とデートしたことがないから、全然慣れていない。実家の近くに遊園地はないし、行く機会がなかった。社会人になって東京に出てきてからも、こういう場所に繰り出すことは一度もなかった。

「そうなんだ。じゃあ、関西にある別のパークにも行ったことない？」

「……うん、ないよ」

「じゃあ、今度行こう。きっと楽しいよ」

屈託のない笑みを向けられて、思わず照れてしまう。

こんな普通のデートみたいなこと、またしてくれるんだ……。でも、どういうつもりで誘ってくれているんだろう。

嫁との交流？　いつもの奉仕のお礼？　ただ単に遊び相手？

どれに当てはまるか分からない。だけど、またこうして遊びに行こうと誘われるのは嫌じゃない。……むしろ、嬉しいくらい。

お昼ごろにレストランに入って食事をして、少し休憩を取ったあと、またパーク内を歩き出す。ジム以外でこんなに歩いたことないなと思うくらい、たくさん歩いたけど全然苦じゃない。ふたりでひとつのポップコーンを食べたり、ここでしか飲めない限定のドリンクを飲んだりして、楽しく過ごしていたのだけれど……

夕方になり、だんだん薄暗くなってきたころ、ポケットに入れていたはずのチケットを紛失していることに気がついた。

うそ……失くした？

涼介さんに気づかれないようにバッグの中やポケットの中を探すけれど、全く見つからない。アトラクションに乗ったときに落としてしまったのかもしれないと慌て出す。

今日だけのチケットならまだしも、２ｄａｙｓのチケットなので明日入ることができなくなる。入手困難のチケットなのに、紛失だなんて大変なことをしてしまった。

顔面蒼白になっていると、私の様子に気がついた涼介さんが足を止めた。

「どうしたの？」

なくしたことを言ったら、怒らせてしまうかもしれない。何をやっているんだ、と失望されるに決まってる。こんなに人の多い場所で探すなんて無謀だろうし。

せめて心当たりのあるアトラクションだけでも探したいけど、せっかくのデートが台無しになってしまう。せっかく連れてきてもらったのに、こんなことになるなんて……でも隠しても仕方ない。ちゃんと正直に話して、謝るしかない。

「私……チケットを失くしてしまったみたいで……」

「そうか。分かった」

涼介さんは、そう返事して、スマホを取り出した。そして何かを調べている。この無言の時間が怖くて、じっとしていると、涼介さんが「行こう」と私の手を引いて歩き出した。

「あの……っ、どこに？」

「インフォメーションに、チケットを紛失したことを伝えよう。一度アプリでチケットナンバーを読み込んでいるから証明もできるし、心配しなくていいよ。きっと何とかなる」

絶対に怒られると思ったのに、全く怒ることなく解決策を導いてくれたことに感謝の気持ちでいっぱいになる。

そうだ、涼介さんってこういう人だ。頼りがいがあるし、トラブルが起きても、後ろ向きな発言をせず、いい方向に向かうようにベストを尽くしてくれる。この人の傍にいれば、大丈夫だと思わせてくれる素敵な人。

そんな人だから、私はずっと尊敬していたのだ。そのことを改めて思い知る。

インフォメーションに向かい、スタッフに事情を説明すると、チケットナンバーで検索をかけてパーク内に落としていないか確認してくれた。すると私たちが乗ったアトラクションのスタッフが拾ってくれていたらしく、幸いにも見つかったのだった。

「よかった……」

「あってよかったな。希美の日頃の行いがいいからじゃない？」

そうは言ってくれるものの、見つかるまでの時間生きた心地がしなかった。安堵で脱力した私は、その場にしゃがみ込んだ。

「日頃の行いがよかったなら、紛失したくなかったな……。このまま見つからなかったらどうしようかと思った」

「ははは」

涼介さんは明るく笑い飛ばすけど、私は失くしてしまって気が気じゃなかった。怒らずに何とかしようと対応してくれた彼の態度に感謝しつつ、私たちは再びパークに戻った。

夜になると灯(あか)りが灯(とも)され、幻想的な雰囲気に変わった。ロマンティックな空間の中、手を繋(つな)いで歩いていると、本物の恋人なんじゃないかと勘違いしてしまいそうになる。

隣を歩く涼介さんを見るたびに、胸が騒ぐ。けど、これを知られてはいけない。

夕食を終えたところで、夜のパレードが始まる。キラキラとした電飾が飾られたフロート車がメインストリートを走り、その上にいるキャラクターたちが手を振ってくれた。幻想的なパレードに胸を打たれて、幸せに浸(ひた)りながら、パークの近くにあるホテルへと向かう。

――ここのホテルも予約が全然取れないって聞いていたんだけど……

豪華なエントランスで周囲を見渡していると、チェックインが済んでルームキーを持った涼介さんが歩いてきた。

「さ、行こう」

「……うん」

もしかして、今日こそ……するのかな。

するよね、私たち、そういう関係だし。でもここ最近は、手を出されなかった。というか、彼の部屋に招かれることもなく、食事をして別れるだけだった。

だから、今日こそは、するかも。

そんなことを考えていると、手際よく部屋に荷物を置いた彼が、くるりとこちらを向いた。

「お湯溜めておいたから、先にお風呂入っておいで」

「う、うん……」

心拍数が一気に上がる。いよいよこの時が来たのだと、覚悟を決めてバスルームへ向かった。

さすがパークと連携している有名ホテルなだけあって、可愛いアメニティが揃っていて、清潔感溢れるバスルームだ。涼介さんと一緒に過ごすようになって、自宅以外のお風呂に入る機会が増えたのだけど、ホテルのバスルームは大きくて綺麗で気持ちいい。

真っ白の浴槽に、たっぷりのお湯が溢れるくらい入っていて湯気がたっている。急いで体を洗って、その中に入ってみた。

「はぁ……幸せ」

両手両脚を大きく広げても、まだ余裕でスペースがある。体の力を抜いてリラックスしていると、疲れが癒されていく。バスルームの窓からは、今日行ったパークが見えて、閉園した静かな様子が窺えた。

ああ、どうしよう。全然落ち着かない。

涼介さんとはもう何度も経験しているのに、回数が増えるたびに緊張が大きくなっていく。なるべく考えないようにしているけど、ベッド上の涼介さんは、すごく色っぽくていじわるで、そして甘い。愛されているんじゃないかと思い込みそうなほど危険な色気を放ってくるので、「愛されていない、勘違いしないように」と自己暗示をかけないと正気を保てない。

今日もいつも通り、行為に徹するんだ。勘違いはしない。深入りしない。気持ちは持っていかれないように努める。……よし。

そう心づもりをしてお風呂から上がり、涼介さんと交代する。やがてバスローブに身を包んだ涼介さんが部屋に戻ってきて、心拍数が一気に上がった。

カチコチに体を強張らせてベッドで三角座りをしていると、涼介さんは私の隣に腰かけた。くすっと笑って私の顔を覗き込んでくる。

「今日は楽しかった？」

「……うん。すごく楽しかった」

涼介さんが誘ってくれなかったら、こんなところで遊ぶことなんてなかった。本当の夫婦みたいに仲良く過ごせたことも楽しかった。

「それはよかった。俺も楽しかったよ」

ふっと顔を緩ませて、私の頭を撫でる。その甘い眼差しで見つめられていると、頬が熱くなってくる。恥ずかしくて、嬉しくて、胸が高鳴る。

「希美……」

名前を呼んだあと、涼介さんは私の体をぎゅっと抱き締めた。お風呂に入って体温が上昇した熱い体を感じて、胸がきゅうっとなる。私も彼の背中に手を回して抱き締め返す。体はこんなに疲れているのに、涼介さんに抱き締められるだけで癒されていく。体の奥がきゅんと震えて、いつも彼を感じる場所が切なくなった。

ああ、この感じ……。涼介さんと一緒にいると味わう感覚。ずっとこうしていたくて、でもそれだけじゃ足りなくて、もどかしい。

彼の腕の力が緩んだタイミングで顔を上げると、涼介さんと目が合う。最高潮に胸がざわめいて、この先の展開を予感して目を閉じた。

「……っ」

少しの間が空いてから、涼介さんの唇を感じた。久しぶりのキスに息が上がる。ただ触れ合わせているだけなのに、ものすごく高揚してたまらない気持ちになった。

「……ん、ぅ……」

唇を触れ合わせるたび、声が漏れてしまう。キスだけなのに体中に快感が広がって気持ちいい。

もっとして。離れないで。

そう思って何度も唇を重ね合わせたものの、途中で肩を強く掴まれて引き離される。

彼は何とも言えないような複雑な表情を浮かべたあと、微妙な笑みを作った。

「明日も早いから、今日はもう寝ようか」

彼の言葉を聞いて、思わず固まってしまった。

ここで、やめちゃうの……？

明日もアミューズメントパークに行く予定だし、朝が早いことは分かってる。だけどここで中断されるなんて思っていなかった。がっかりしてしまって、気分が落ちてしまう。

でもそんなこと、気づかれたくなくて、平気なふりをして明るく振る舞う。

「そう……だね。疲れたもんね」

「うん、おやすみ」

くしゃくしゃと頭を撫でたあと、涼介さんは私から離れていった。

ツインベッドだったので、それぞれのベッドに入る。すぐに照明を消して、布団の中に入るけれど、天井を眺めたままなかなか寝付けない。

「涼介さん……もう、寝た？」

しばらくして小さな声をかけてみるものの、反応なし。すうすうと寝息が聞こえているということは、もう夢の世界に行ってしまったようだ。

いつもなら、ダブルベッドとか大きなベッドで一緒に寝ることが多いのに、今日は別々。

もしかして、今日は――最初からするつもりじゃなかったのかな？

私、涼介さんのセフレなのに。

改めて考えても、なぜなのか分からない。

結婚した当初は、食事をするだけの間柄だったけど、関係が深まってからは会うたびにセックスしていた。だから、そういう目的で呼び出されていると思っていただけに、調子が狂う。

嬉しいような、寂しいような。

……って、寂しいって何。手を出されなくて残念に思ってる？

それって、私がセックスしたかったみたいじゃない。そんなことない、しなくても全く問題ない。けど、する前提で緊張していたから……残念、みたいな……

その反面、体の関係がなくても一緒にいられたことが嬉しいとも思っている。私たちの関係はそれだけじゃないんだと言ってくれているように見えて。

あれこれと気になるけど、今日はもう考えるのをよそう。

すごく楽しい一日だったと、幸せな気分のまま眠りたい。そして明日も、楽しい一日になることを祈って。

8

三月になり、決算期ということもあって毎日が忙しい。当然、涼介さんも忙しいわけで、会っても食事だけで別れるし、夫婦として事務的なやりとりをする程度だ。

会ったとしても、触れ合わない。

前までは肌を重ね合うくらい近くに感じていたはずなのに、今はそんなこともなく……。

別にそれでいい、もともとはこういう関係だったじゃないかと思うのに、会うたびに心のどこかで寂しさを募(つの)らせていた。

——いや、だから、寂しいって何よ。そんなふうに思っていたら、抱いてほしいみたいじゃない。涼介さんは私に経験がないから、それに付き合ってくれていただけで、もう慣れたからする必要がなくなったと判断したってことだろう。だから手を出されない。

でも、それでいい。こんなセフレみたいな関係、いつまでも続けるのはよくない。

本当の恋人でも、夫婦でもないんだから。

そう自分に言い聞かせて、変な感情を紛らわせながら生活している。

しばらく会わなければ、この胸のざわつきも収まるはず。この二ヵ月間が変だっただけで、元に戻ったんだ。だから気にしない。

そう思っていたのに、西野さんから涼介さんの話を聞くたび、複雑な感情が渦巻く。

「今日、GAGADOに行ってきました。最近、藤ヶ谷さん、ゴルフにはまっているっておっしゃってましたね。一緒にラウンドしたりするんですか?」

「え……っ。いや、私は……しない、かな」

「そうなんですか。毎週ゴルフコンペに参加していて大変みたいですけど、夫婦の時間が減っちゃうんで嫌ですね～」

そうなんだ。週末はいつもゴルフしているんだ……

夫婦なのに、涼介さんが何をして過ごしているかなんて知らない。西野さんに言われて初めて知ることばかりで嫌になってくる。

「今週末はGAGADO主催の謝恩パーティがありますね。希美さんは行くんですか?」

西野さんの話では、決算期の今月に、都内某ホテルで取引先を招いたパーティが行われるらしい。うちの会社からは西野さんを始め、毎月顔を合わせている社員と、上層部が招待されているという。話を聞いていなかった私は、知らなかったとは言えず曖昧な返事をするしかない。

「いや……私は、行かないかな……多分」

「ええ？　奥さんなのに、参加しないんですか？　でも、まぁ……ドレスコードもあって面倒ですもんね。不参加のほうが楽かもです！」

「……そうだね」

私、そんな誘い受けてない。でもグレハティではGAGADO担当じゃなくなったし、メンバーに入っていなくても不自然ではない。だけど、こうして知らないことを耳にするたびに複雑な気持ちになる。涼介さんとの接点が少しずつ減っていくようで寂しさが拭えない。

本当に、もう……私は必要なくなってしまったのかもしれない。所詮形だけの夫婦だし、必要以上に絡むこともない。

期待しないようにと自制していたつもりだけど、一時期体の関係があっただけで、涼介さんの特別な存在になったと勘違いしていた自分が恥ずかしい。

もう一度自分を律し、身の程をわきまえようと気を引き締めた。

心にぽっかりと空いた穴を感じながら。

――週末。

年度末の仕事がたてこんでいて、土曜日も出勤していたところ、西野さんから電話がかかってきた。

「……もしもし？」

『ああ、希美さん。出てもらえて本当によかった〜』

いつもの声とは全然違うしゃがれた声が聞こえてきて、本当に西野さんかと疑うほどだった。

「西野さん、どうしたの？　風邪？」

『そうなんです、めちゃくちゃ風邪をひいてしまいまして……熱が三十九度あるんです』

「ええっ、大丈夫？」

大丈夫じゃないんですー!!　と叫んでいるけれど、可哀想なほど声が出ていない。

『今日、GAGADOの謝恩パーティあるじゃないですか。年度末の忙しいところ本当に申し訳ないんですけど、私の代わりに参加してもらえませんか？　うちの会社の参加人数が少ないから穴を空けるわけにはいかなくて、上司に相談したら希美さんに行ってもらえって』

前任の私であれば、参加していても問題ない。というか、藤ヶ谷社長の妻であるし、むしろ参加していたほうがいいのでは、ということになったらしい。

「私はいいけど……」

『じゃあ、お願いします。十八時からの予定で、場所や詳細はメールで送ります』

「分かった」

そういうわけで、突如、ＧＡＧＡＤＯのパーティに参加することになってしまった。涼介さんもまさか私が参加するとは思っていないだろう。

でもここ最近を振り返ると、私が行くことは伏せておいたほうがいいと考える。私が来ると分かったら、何かと気を使わせてしまうかもしれない。見つからないようにそっと参加して、当たり障りなく帰ろう。

他に参加するメンバーに連絡をして、行く準備を進める。ドレスコードがあるので、一旦家に帰ってパーティに相応しい格好に着替えた。あまり目立たないように、花柄の黒いノースリーブのドレスを選ぶ。パンプスは上品なゴールドの、落ち着きのあるものをチョイスした。

美容院の予約をしていなかったから、自分でヘアスタイルをセットし、友人の結婚式のときに買ったヘアアクセサリーを使って華やかに仕上げてみた。

「これで、よしっと」

指定されたホテルに到着すると、西野さんの代わりだと名刺を差し出して受付したあと、会場に向かった。たくさんの関係者がいる中、正装をした山内くんと前部署の上司を見つけた。彼らの後ろに隠れてこっそり参加していると、司会者が話し始めた。

「今日はご多忙の中、ＧＡＧＡＤＯ・ＪＡＰＡＮ株式会社主催のパーティにご参加くださり、誠にありがとうございます。皆さまへ代表取締役社長である藤ヶ谷涼介から、挨拶をさせていただきたいと思います」

前方にある舞台に涼介さんが歩いてくる。いつも以上に仕立てのよさそうなスリーピースのスーツを身に纏い、颯爽と歩いてくる姿は一瞬で目を奪われる。

「ただ今ご紹介に預かりました、代表取締役社長の藤ヶ谷と申します。今日は皆さま――」

凛々しい姿で話す涼介さんを見て、思わず恍惚としたため息が漏れる。

――やっぱりいつ見ても、涼介さんは格好いいな。

「ああ……もう」

信じられないけど、私、この人の奥さんなんだ……

立派な挨拶をしている彼は、会社を成功に導いている代表取締役社長。ルックスも申し分なく、性格も素敵。真面目に話をしている姿に、胸がきゅっと締め付けられる。

堂々たる態度で話す彼を夢中で見つめていると、隣にいた山内くんから耳打ちされた。

「……鈴村って、旦那とうまくいってんの？」

「え？」

「今日だって、嫁なのに呼ばれていなかったんだろ？　こういう場って、妻を呼ぶもんじゃないの？　それに旦那に見つからないように、コソコソしてるみたいだし」

……バレてる。

鋭いところを突かれて、何と答えようかと考えていると、山内くんは更に話を続ける。

「セフレの話に興味持っていたし、もしかして何か悩んでる？　俺でよければ聞くけど」

旦那側にセフレがいて悩んでいる、夫婦生活がうまくいっていないから、セフレに興味があるんじゃないかと深読みされているようだ。

「いや、そんなのじゃないんだよ。大丈夫だから」

「本当かよ？　旦那、俺たちとは別次元の男って感じだから……なんか鈴村が無理してそうに見えるんだよな」

私たちとは別次元の人……。山内くんに言われて、なぜかしっくりきてしまった。確かにそうなんだよね。一般人とはかけ離れたハイスペックな男性に、平凡な私。つり合いが取れているようには見えないと指摘されて、納得してしまう。でもそんなことを言えるわけがない。

「大丈夫だよ。案外、うまくいってるから」

そう取(と)り繕(つくろ)ったところで、涼介さんの挨拶(あいさつ)が終わって大きな拍手に包まれる。はっとして顔を上げると、涼介さんがこちらを見ていた。一瞬時間が止まった気がした。

……もしかして、私に気づいた？

さっと山内くんの後ろに隠れて逃げる。呼ばれていないのにここに来ているなんてバレたら、面倒臭いと思われてしまうかもしれない。そのままコソコソと会場を出てお手洗いに逃げ込んだ。

「はぁ……」

別にやましいことなんてないのに、逃げてしまった。もう自分が求められていないと分かってから、どうしても不自然な態度を取ってしまう。

「しっかりしろ、希美。気にしない、気にしない」

涼介さんと結婚するとき、彼の求める完璧な妻を演じると決めたじゃない。こんなことで動揺してどうするの。いつも通りに、自然に。この会場にいる人たちのほとんどは私が妻だなんてことを知らない。だから、ただの取引先の社員として振る舞おう。

今ここで妻としての振る舞いは求められていないのだから。

気合を入れてお手洗いから出ると、廊下の壁にもたれる涼介さんを見つけた。

「希美……」

私の姿を見つけると、涼介さんが近づいてくる。

どうしよう、はち合わせしてしまった。面と向かって来られたら、逃げられない。どうすればいいか考えていると、背後から涼介さんの秘書が走ってきた。

「社長、捜しました！　専務がお呼びです」

そう言って涼介さんを捕まえ、会場のほうへ連れて行く。

はぁ……よかった。こんなところに来るんじゃないと言われるかと思った。いや、言われていないだけで、すでにそう思われて失望されてしまったかも。

とにかくこれ以上しゃしゃり出ないように努めて、終わったら早々に帰ろう。

パーティが終わりの時間に差し掛かったところで、私は急いで帰り支度を始める。上司に挨拶(あいさつ)をして会場を立ち去ろうとしたとき、涼介さんに腕を掴(つか)まれて呼び止められた。

「希美、ちょっと来て」

「……ええっ？」

腕を掴(つか)まれたまま外へと向かう。エレベーターに乗り込み、上階に進むと、宿泊専用のフロアにやってきた。その中の奥にある部屋の扉を開け、私を押し込む。

「……希美、どういうつもりだ？」

見たことのないような不機嫌な顔で見つめられて、怒っていることが伝わってくる。じわじわと追い詰められて、私は思わず後退した。

こんなところに私が来て、やっぱり迷惑だったよね。声もかかっていないのに勝手に来て不快に思ったんだ……。

「あの親密にしていた男……。あれは、確か同期だったよね？」

「え……？」

最初は何を言っているのか分からなかったものの、すぐに山内くんのことを言っているのだと気づいた。ベッドの端まで追い詰められて行き場を失った私は、そのまま尻餅をつく。

「山内くんが、どうかしたの……?」

「やけに親しかったな。ふたりで耳打ちして、楽しそうに話していたみたいだけど……何を話していたんだ?」

ベッドの上に座っている私を跨ぐように、涼介さんが膝をつく。そのまま肩を押されてベッドに押し倒されてしまった。上から見下ろされると、怒りが滲み出ている表情に怯みそうになる。

「何って……特に、何も」

「嘘だ。何か言われて困ったような顔をしていただろう。誘われていたんじゃないのか?」

涼介さんは、私が山内くんに口説かれていたと思っているらしい。それで怒っているの……?

「誘われてなんかないよ」

「じゃあ、何?」

適当に誤魔化そうとしても、彼は納得しない。何度も問い詰められて、ついに本当のことを話してしまった。

「涼介さんとうまくいっているのかって聞かれただけ」

「へえ……。希美の同期は、夫婦関係の心配までしてくれるのか」

「……っ」

怒ってる。……なんだかすごく怒ってる。

眉間に皺を寄せながら、涼介さんはネクタイを、しゅる、と抜くとシャツのボタンを外し始めた。

「……で？　どう答えたの？」

「うまくいってるから、心配いらないって……」

「本当に？」

「……本当だよ」

ベッドに縫い付けるように両腕を押さえられ、捕らえられてしまった。逃げ場を失った私は、涼介さんの顔を見つめる。

「さっき廊下で会ったときも、俺のほうを見てすぐに目を逸らしただろう。……どうして？」

「そ、それは……」

今日のパーティに呼ばれていないのに参加しなければならなくなってしまったこと。だけど出しゃばってはいけないからと身を隠そうとしたこと。そう説明するものの、全然納得してもらえない。

「なんで身を隠さないといけないんだ。俺の妻なのに」

「そうなんだけど、でも……」

「こういうところに参加させるのは、希美の手を煩(わずら)わせると思ってやめておいたのに……来てくれるなら、事前に教えてほしかった」

涼介さんの手が背中に回ってファスナーをするりと下げ、ドレスを大胆に脱がした。

「……や、ぁっ」

「こっちを見ないから、俺に興味がなくなったのかと思った」

ブラジャーの上から、胸を撫でられる。そっと優しく触れられているだけなのに、ピクンと体が反応してしまう。

「ちが……っ、そんな、こと……」

「俺がどんな気持ちで我慢しているのか、希美は知らないんだ。それなのに、俺の前で他の男と楽しそうにして……」

ブラジャーも外されて、胸が露(あらわ)になる。腰あたりでドレスがもたついたまま、上半身裸にされてしまった。更に、さっきまで彼の首にかかっていたネクタイで両手首を縛られる。

「鈍感な妻には、きちんと教えないといけないみたいだな」

「涼介さん……っ、何をするの……？」

「お仕置きだよ。俺以外の男と仲良くした罰。無意識でそんなことをしてしまう希美に、そういうことをしたらどうなるか、たっぷり教えないと」

　きゅっとネクタイで縛り上げられた両手を、頭上で押さえつけられる。涼介さんは私の二の腕の内側にキスをして、強く吸い上げた。

「あ……っ」

　ちりっとした痛みがして、そこを見ると赤くうっ血していた。その周りをねっとりと舐めて、彼の舌が下へおりていく。脇を舐められて、全身がビクンと大きく揺れた。

「そんな、とこ……舐めないで……」

「だめだ。希美の体は、全部俺のものなんだから。知らないところがないくらい、全部舐める」

　脇を通りすぎたあとは、胸に移動する。胸の先を舌で捕らえられて、執拗に舐め回される。

「あ、ぁ……っ、だめ……あぁ」

「希美の体は、俺しか知らない、俺だけのものだろ」

　舐められるうちに胸の頂がピンと張り詰めて、敏感になる。美味しそうに何度も吸われて、そのたびに体中に快感が広がっていく。

「涼介さん……っ、待っ——！　あっ、パーティは……？　戻らなくて、いいの……？」

「いい。今は希美との時間だから」

そう言って、再び胸の先を舐め出す。小刻みに舌を揺らして先端を弄りながら、もうひとつの手はドレスの裾を捲り上げた。太ももの内側を撫で、脚の付け根へ向かっていく。ストッキング越しに撫でられるだけで、じわじわと奥から蜜が溢れ出てくる感覚がする。どうしよう。久しぶりだから、すごく感じてる。涼介さんの手が動くたびに、体が揺れちゃう……

やがて彼の手がストッキングをずらし、ショーツの中に入ってきた。濡れそぼったそこは、彼の指が動くたびに淫靡な音をたてる。

「お仕置きって言われて、興奮した？　いやらしいな」

「や……違……っ、あぁ」

びちゃ、ぬち、と蜜の音が鳴って、そこがどういう状態になっているかいやでも知らされる。怒られているのに、こんなに濡らしていることが恥ずかしくてきつく目を閉じた。でも涼介さんに独占されると嬉しくて、心と体が高まってしまう。こんなの変かな……？

ここ最近、触れられずにいたから、余計に敏感になっているのかもしれない。ずっと待ち望んでいたものを与えてもらい、太ももに滴るほど濡らしていた。

「希美は、俺たちの夫婦関係がうまくいってると思ってる？」

「え……？」

「聞かれたんでしょ、同期の男に」

「あぁっ！」

涼介さんの指が中に埋まる。そしてゆっくりと引き抜かれて、その喪失感に小さく震えた。

「最近、わざとセックスをしないようにしていたんだけど……ここは、寂しくなかった？」

わざと……？　それってどういうこと？

朦朧としている中、涼介さんの言葉が頭に引っかかる。どういうことか聞きたいのに、もう一度根元まで挿し込まれて内側を揺さぶられると、それも叶わない。

「俺のが欲しいと思わなかった？」

「あぁぁっ！」

もう一度指を引き抜くと、興奮して垂れてしまった蜜を指ですくい、ずぷっと挿入する。そのじれったい動きがやけに気持ちよくて、体を何度も震わせた。

「俺を恋しく思わなかった？　しなくても全然平気だった？」

——平気なわけない。

涼介さんと定期的に会うのに何もされなくて、手を出されないたびにがっかりしている自分がいた。涼介さんにとって、私はもう必要なくなってしまったのかと落ち込んだりもした。

激しく求められていたことを思い出して、体が切なくなる夜もあった。今までこんなふうになったことなかったのに……涼介さんと一緒に過ごすようになって、私は変わった。

「俺がいなくても平気なの？　希美のここは、俺のことを欲しがってくれてない？」

「ああっ、そんなに……中……こすらないで……っ」

何かを掻き出すみたいに同じところを擦られて、奥からたくさん蜜が湧き出てくる。気持ちいい場所を熟知している彼の手に追い詰められ何度も体を震わせながら、どんどん昇りつめていく。

「ちゃんと言ってくれないと、いいところで止めるよ」

「やだ……ぁっ、ああん、ああっ！」

だんだんと意識が朦朧としてくる。気持ちよさで頭がいっぱいで正常な判断ができない。恥ずかしいとか、そういう感情がなくなって、ただ目の前の快感に夢中になっていくのを止められない。

「希美、言って」

「あ……あぁ……っ、寂しかっ、た……。して、ほしかった……よ……」

「本当？」

「あん……ッ、うん、ァ、あ……っ」

喘ぎながら何度も頷くと、嬉しそうに微笑んだ涼介さんは、私の唇を奪うようにキスをし始める。

「よかった。俺もしたかった」

本当に……？

私に飽きたから、手を出さなかったわけじゃないの……？

そんな疑問が頭に浮かんだけれど、すぐに快感の波に攫われてかき消されてしまった。

与えられる快感に身を任せ、最上級の快楽に連れて行かれる。溢れ出る蜜は、シーツをぐっしょりと濡らし、彼の腕にまで飛び散っていた。

「はぁ……っ、はぁ……。ごめんな、さい……スーツが……」

「気にしないで。俺がそうしてほしかったから」

「でも……」

こんな状態じゃ帰れないいんじゃないかと心配していると、彼は私に跨がったままの状態でシャツを脱ぎ始めた。

「そんな心配より、これから俺にされることをちゃんと見ていて」

「へ……っ？」

上半身裸になった涼介さんは、にやりと意味深な笑みを浮かべてから後退した。そして私の両脚を持ち上げて、大きく開かせる。

「やだ……っ、何をするの……！」

「何だろうね？　察しのいい希美だったら、聞かなくても分かるだろ？」

びしゃびしゃになっている太ももから脚の付け根に視線を移した彼は、躊躇うことなくそこに唇を寄せた。そして舌を出して丁寧に舐め出す。

「や……っ、だめ、あぁっ、舐めないで……っ」

恥ずかしい、と逃げ腰になるものの、当然のように逃がしてもらえない。

彼のいじわるな唇は、周りをじっくり楽しんだあと、秘部へと向かう。

「あ……あぁ……っ」

「希美のここ、すごく美味しい」

「美味しくなんか……ない……からっ、ああっ！」

どうしよう。恥ずかしくてたまらないのに、やめてほしくない。嬉しくて腰が勝手に動いてしまう。いつの間にか涼介さんに見せつけるように、大きく脚を広げて悦んでしまっていた。

「すごくヒクヒクしてる。舐められるの好きになった？」

「あう……。あ、ぁ……んっ、ああっ」

「好き？　嫌い？　好きならちゃんと、好きって言って」

蜜口を大胆に食べられて、涙が零れるほど感じてしまう。

「……ん、す……きぃ……っ」

「何？　聞こえない」

「好き……っ、好き……！」

涼介さんに舐められるのが好き。涼介さんに触れられるのが好き、涼介さんのぬくもりが好き。涼介さんの仕草が好き。

涼介さんの……全部が好き。今すごく実感している。

何とも思っていないふりをして、完璧な妻を演じようとするうちに、私は涼介さんのことを好きになっていた。

形だけの夫婦って分かっているけど、セフレって分かっているけど、涼介さんのことが好き。絶対に好きになっちゃいけないと言い聞かせていたのに、もう無理。こんなの、絶対に好きになっちゃうよ。

執拗な口戯が続き、だんだん限界を感じていた。甘い快感を与え続けられて、体はとろとろに溶け、涼介さんだけがいればそれでいいと思うほどに堕ちていく。

「そろそろ入れようか」

心待ちにしていた言葉を聞いて、それだけでビクンと震える。早く欲しくて、蜜口はヒクヒクと動く。

「でもただ入れるだけじゃ、お仕置きにならないし……。そうだ、今から俺のことを心から愛する人だと思って接してみて」

「え……？」

「愛する夫に抱かれてると思って、めいっぱい感じてくれるなら、入れてあげる」

そんなの絶対だめ。そんなことをしたら、気持ちに歯止めが利かなくなる。それなのに。

「……できるよね？」

そう念押しされると拒めない。それに今すぐ欲しくてたまらない私に、撥ね除けるほどの気力は残っていない。

本当にいいの？　そんなことをしたら、私の気持ちが抑えられなくなってしまう。偽装夫婦を続けていけなくなるかもしれない。

でも、涼介さんを欲しい気持ちを止められない。

ぐるぐると悩んでいると、突然、はむっと唇を食まれる。心ここにあらずなことがバレてしまったようだ。

「希美、ちゃんとキスして。今は本当の夫婦だよ。俺のこと、好きじゃないの？」

「え……っと、あ……」

「俺のこと、好きって言わないと入れない」

切なげな表情で訴えかけられて、息も絶え絶えの状態になる。完落ちしてしまいそうになりながら、望まれた通りに振る舞う。

「好き、だよ……」

「もっと気持ちを込めて」

頬を撫でながら、好きって言ってとねだる涼介さん。格好よすぎて、私、もうだめだ……

「涼介さん、好き」

「うん、俺も」

即答で返ってきた言葉に胸が跳ねる。

ずるい、嘘なのに感情を込めて言わないで。本気にしてしまいそうになる。

だめだと分かっているのに、言葉の威力が絶大で本当に愛されているような気持ちになる。

手首を縛っていたネクタイを解かれると、すぐに涼介さんの首に手を回してしがみついた。拘束されているのもよかったけれど、やっぱりこうして抱きつきたい。

「俺のこと、欲しい？」

「うん……、欲しい」

そう答えると、涼介さんのものが秘部に宛がわれる。硬くなったそれは、溢（あふ）れた蜜を纏（まと）わせ、奥へ入る準備をし始める。先端でくすぐられていると切なくて、勝手に腰が揺れてしまった。

もう我慢できない。涼介さんの全部が欲しい。ずっとずっとこうしてほしかった……

「腰が動いてる。そんなに欲しかったの？」

「ン……あぁっ、涼介さん……！」

いっぱいキスをしながら、少しずつ入ってくる涼介さんを感じる。じんわりと汗をかくほど火照った体を交わらせて、激しく求め合う。

奥まで来た彼のことを離さないと締め付けるたびに、涼介さんは息を漏らし、切ない表情を浮かべる。

「希美の中……すごくいい。これ……やばいな」

本当？　私で感じてくれてる？　気持ちいいのは、私と同じ……？

愉悦に溺れそうになっている顔も、すごく格好いい。今この瞬間は、涼介さんを独占しているんだって思える。

「希美……もっとキスして」

これが演技でも構わない。夫婦ごっこでもいい。欲しいと求められていることが幸せで、たまらない気持ちになる。

お願いされた通りにキスをすると、彼は上体を起こし、私の腰を掴んで激しく突き上げ始めた。最初の頃には絶対にしなかっただろう体勢を、今は悦んで受けている。何度も一番奥を突かれて、全身に快感が弾けた。

「……あ、あぁっ、だめ……それ、ヘンになりそ……っ、あん……ッ」

ベッドが大きく揺れて、ふたりの肌のぶつかりも激しくなる。繋がった場所からは蜜が滴り落ちて、繋がりを深くしていく。

「もっと感じて。希美のこと、もっと気持ちよくしたい。だから――」

抽送しながら陰核を弄られて、腰が砕けそうになる。体の力が抜けて目の前が霞み、涼介さんのことしか考えられなくなった。

好き、涼介さん、好き……！

心の中で何度も好きだと叫んで昇っていく。息ができなくなるほど激しく追い詰められて、私は意識を飛ばしてしまった。

「……大丈夫？」

「ん……」

しばらくして現実に戻ると、上から私の顔を覗き込んでいる涼介さんが見えた。

「激しくしすぎた？」

「大、丈夫……」

あまりの気持ちよさに意識を失っていたようだけど、ほんの一瞬のことだったみたい。

私たちはまだ繋がったままだ。

「気持ちよさそうな希美、すごく可愛かった。俺も……希美の中で気持ちよくなりたい」

「ん……」

もう一度ゆっくりと律動が始まる。私の体を気遣うように、ゆっくりと抜き差ししながら、お互いの手を絡ませた。

「ねぇ……希美。赤ちゃん作ろうか」

ぎゅううっと抱き締めながら、吐息混じりの声で囁かれる。その言葉を聞いて、胎内がきゅんと疼く。

戸籍上夫婦とはいえ、いつだって私たちは避妊している。今日だって、ちゃんと。だから、それは今のこの「夫婦ごっこプレイ」に含まれた言葉攻めなのだろう。

だから、きっと本気じゃない。分かってる。だから、私も……

「うん……。涼介さんの、赤ちゃん欲しい」

彼の期待に応えるべく、そう返事する。でも本音。本音だけど、これはそういうプレイ。

「……っ」

私の言葉を聞いたあと、涼介さんの体が動揺したように震える。

あれ……？　私、変なこと言ったかな？

様子を窺うように彼の顔を見上げると、涼介さんはいつも通りの表情に戻っていた。

「それって、どういう意味か分かって言ってるの？　ここに、俺のを出すってことだよ」

最奥にぐりぐりと擦りつけられて、ここに出すんだと教えられる。

「……いいよ。涼介さんになら、何をされてもいい……っ」

浅はかかもしれないけど、本気でそう思った。むしろ、そうしてほしいとさえ思っている自分がいる。

だって本当にそうなったら、私たち、ずっと一緒にいられる――なんて、決して口には出せないようなことを想像して。

今は本当の夫婦のふりをしているとはいえ、エスカレートしていく気持ちを止められない。

「そんなこと言うなよ。……本当にそうしたくなるだろ」

さっきまでの冷静さを失って、涼介さんは本能のまま腰を振り始める。荒々しい獣のような激しい突き上げが止まらない。

「あ、ああ……っ、もうだめ……イキそう……っ」

「好きだよ、希美。全部受け止めて」

最後の一突きのあと、薄膜越しに放たれる。ヒクヒクと動く彼を感じて、私も同時に昇りつめた。

こんなに情熱的な夜は、初めてだった。

＊＊＊

すやすやと眠る希美の寝顔を見つめて、小さなため息を漏らす。

どうすれば、今の関係を終わらせられるのか——

最近よく、そのことを考えている。偽装結婚であることも、体だけの関係があることもだ。肌を重ねているときは、幸せな気持ちで満たされる。俺の腕の中にいるときの希美が可愛くてたまらない。

しかし、離れると恋しくて、心が寂しい。書類上の婚姻関係じゃなく、体を結ぶだけの関係じゃなく、別の関係がいい。……心を通わせた、本当の恋人のような。

だけどそんなことを言えば、彼女を苦しめることになる。俺だけの欲求でこの関係を壊したくない。だから自分の気持ちを抑えて、体だけの関係を続けていたのだが——

回数が増えるたび、もう限界だと感じた。本気になっていく自分を抑えられない。

だったら、この関係を変えていく必要がある。しかし急に「好きだ」と言ったら彼女を困らせるだろう。それなら、少しずつ距離を縮めて、好きになってもらうしかない。

そう考えた俺は、しばらく一線を越えないように努めた。まずは健全なデートをし、一緒にいて楽しいと思ってもらうことが優先だ。

そうすれば、俺のことを異性として好きになってくれるかもしれない。セフレから恋人になりたいなど、不毛な恋愛なのかもしれないが、もうこれ以上隠していけない。

俺は体だけだと割り切ることなんてできないし、好きだから抱いている。

自覚していなかっただけで、結婚を切り出したときから、彼女のことが好きだったのだ。そうでなければ、結婚しようなどと言わなかっただろう。

「さっき言ってくれた言葉が忘れられない」

俺が強引に言わせたくせに、希美からの「好き」が心に響いて消えない。

妻に片想いなんて、どういうシチュエーションだよ。それに一番近い人のはずなのに、気持ちが分からないなんて。そもそものスタートが間違っていたからなのだろうか。

ちゃんと順を追って、普通の男女のように恋愛をしてから結婚するべきだった？

しかしあの勢いがあったからこそ、今の関係があるのかもしれないとも思う。

俺たちには時間がなかったし、希美を引き留めるには、これが最善の方法だった。

「他の男と親しくしないでくれ。嫉妬でおかしくなる」

先程のパーティで希美が同期の男と親しそうに話していたことを思い出し、不快な気持ちが湧き上がってくる。俺以外の男と親しくされると、腕の中に無理矢理にでも閉じ込めたくなる。

好きだし手放したくない。俺以外の男に興味を持ってほしくない。そんな独占欲を止められず、この部屋に閉じ込めて希美が疲れ果てて眠るまで求めてしまった。

嘘でもいいから俺のことを好きだと口にすれば、少しは意識してくれるかもしれない。本当の夫婦のふりをして、それを心地いいと感じたら心を開いてくれるかもしれない。

そう考えて、セックスの合間に好きだと言わせたのだが。

『涼介さん、好きだよ』

そう言われた瞬間、本気になったのは俺のほう。

嘘だと分かっているのに、好きだと言われて暴走してしまった。

好きで好きで、たまらない。可愛くて仕方ない。もっと俺を欲しがってほしい。希美が欲しい。希美を感じたい。こんなに欲しくてたまらないのは希美だけ。

味わったことのない愛おしさを感じながら、彼女を求めた。

もう戻れない。俺はこの気持ちに嘘はつかない。何をしてでも希美を俺だけのものにする。

もし、今、離婚したいと言われたら、全力で抗うだろう。迷惑な奴だと思われるだろうが、希美に惚れてしまった以上、簡単に手放すなんてできない。

こんなに好きになれる人はこの先現れない。今までの恋愛とは全く違う。

この人を守りたい。この人とこれからの人生を共に歩んでいきたい——もうすでに結婚式で誓い合っているし、入籍もしているのだけど、改めてそう思ったのだ。

だからちゃんと伝えよう。

ちゃんとした夫婦になろう、と。

そう思っていたのに――

数日後、俺のもとに届いたのは、彼女からの離婚届だった。

9

「ほんっとうにすみませんでした!!」

ＧＡＧＡＤＯのパーティの二日後、やっと体調が戻って出社してきた西野さんは、出社するなり顔の前で手を合わせて大きな声で謝罪してきた。

「いいのよ、気にしないで」

「今すごく忙しい時期なのに、希美さんの手を煩わせてしまって、本当にすみません。このお詫びは今度ちゃんとした形で……」

気にしないでと伝えても、彼女の気が収まらないようで、何度も謝られた。こちらこそ、西野さんがパーティに参加しなかったから私があの場に行けたわけで、涼介さんとふたりきりの夜を過ごせたことに感謝している。

あの夜の涼介さんは、今までと比べ物にならないくらい、いじわるで、そして甘かった。嫉妬する素振りをして、独占欲をぶつけるようなキスをして、抱き締めてきた。繋がっているときも、終わったあとも、ずっとずっと求められていた。

涼介さんに好かれた人は、あんなふうに愛してもらえるんだ……。羨ましいな……思い出したらぶわっと体が熱くなって、冷静でいられなくなる。あの時間が一生続いてほしいと思うくらい、幸せで満たされた時間だった。

「希美さん、聞いてます……？」

「あ、うん。聞いてるよ。本当に気にしないで」

いけない、涼介さんのことを考えていて西野さんの話が途中から頭に入っていなかった。とにかくこの借りは絶対に返します、と深々と頭を下げた彼女は、申し訳なさそうにしたまま自分のデスクに戻っていった。

「はぁ……」

今日からまたいつもの日々に戻る。二日前に会ったばかりなのに、もう涼介さんに会いたい。

あんなふうに抱かれてしまったら、元には戻れない。涼介さんに好かれたい。他の女の子のこと、情熱的に愛さないでほしい。私にだけしてほしい。そんな欲求が生まれるものの、その願いは叶わないのだと悲しんでいる。

私たちは、夫婦だけど愛し合っていない。表面だけの夫婦だから、束縛なんてできないし、好きだということを言えない。

言ってしまったら、この関係は壊れてしまう。なのに……本物の夫婦プレイなんてしちゃうから……極甘の涼介さんを味わってしまった。本当に好かれているとしか思えないくらい、大事にされて愛されて。

ああ、もう……私、涼介さん以外の人のことを好きになれない。

もともと男の人に対していいイメージがなかったから、まともに恋愛をしていなかったところに、今や涼介さんしか好きになれないような心と体にされてしまって……これで離婚を突き付けられたら、立ち直れないんじゃないだろうか。

これからどうするの。この夫婦生活は続いていくのに、私だけ本気になってしまったことで関係が破綻(はたん)してしまわないか不安になる。涼介さんのことが好きなら、この関係を維持していくのなら、感情を押し殺していくしかない。

そんなことできるの？　私……！

頭を抱えて悶(もだ)えていると、背後から山内くんに肩を叩かれた。

「この前はお疲れ」

「あ……お疲れさま」

先日のパーティのあとから、お互い忙しくてゆっくりと話せていなかった。山内くんは、「はい」と、淹れたてのコーヒーを差し出してきた。

「旦那とうまくいってないいんじゃないかと思ったけど、そうでもなさそうだな」

「え……？」

「あの会場から鈴村を連れ去っていくなんて、仲いいじゃん。無理してそうなんて言ってごめん」

そういえば、山内くんや上司の近くで帰り支度をしているときに、涼介さんが私を攫いにきたんだった。腕を掴まれてあわただしく出ていったので、驚かせてしまっただろう。

「ううん、いいの。気にしないで」

「旦那に愛されているんだな。あれは嫉妬してる顔だった」

「そんな……」

「じゃなきゃ、あんなオフィシャルな場所で鈴村を連れて行かないだろ」

そう、なのかな……。確かにあのとき涼介さんは怒っていたし、山内くんと仲良くしていたことを指摘された。あれってヤキモチだったの……？

それも演技のひとつかもしれないと思いつつも、周囲からいい夫婦だと見られているのなら演技のしがいもあるということだ。

「あ、そうそう。さっき社内通知があったけど、うちの会社のＳＮＳに執拗に書き込みしてくる奴を特定することになったみたいだな。何個もアカウントを作っては、鈴村の写真に変なコメントをつける奴がいるから、警察に相談することを視野に入れ始めたんだってさ。気をつけろよ」

「そうなんだ……怖いね」

「まぁ、鈴村は既婚者だし、旦那と一緒に住んでいるから大丈夫だと思うけど。……まぁ、こういうことをする奴って、リアルには何もできない奴だろうけどな。念のため」

卑猥な言葉を並べたり、私のことを好きだという書き込みをする人がいるらしく、それをブロックしていると聞いていたけど……警察に相談するまでになっているとは。

これからは顔出しするのを控えようと、当たり障りのない商品告知に変える。このときは、世の中には変な人がいるんだな――と思っていた。

仕事がたてこんでいたこともあり、この日は数時間残業してから会社を出る。夕食は常備菜で簡単に済ませようと思い、寄り道せずにマンションに帰ると、エントランスにひとりの男性が立っていた。

「希美さん、お久しぶりです」

じっとりとした聞き覚えのある声。

目の前にいる男性を見て、言葉を失くす。全身の血が引いて、動けなくなった。

「福山くん……」

「おかしいなぁ。結婚して引っ越したはずなのに、希美さんはどうしてここのマンションに帰ってきたんですか?」

私は結婚と同時に涼介さんの住むマンションに引っ越していることになっている。それなのになぜここに来たのか。

友人がこのマンションに住んでいるとか、まだこのマンションに荷物が残っているとか、何か言い訳をしなければならないのに、突然現れた彼に驚いて言葉が浮かんでこない。

「希美さんの住んでいたマンションの空室情報をいつも見ているのに、一度も空き部屋にならないんですよ。おかしいなーと思って見にきたら、まだ住んでいたんですね。もしかして、別居してます? あの男とうまくいってないんですか?」

「そ、そんなことない……ですよ、仲良くしています」

「じゃあ、何で一緒に住んでいないんですか」

理由を追及されて、返事に困ってしまう。偽装結婚だったなんて言えないし、両親にバラされたら強制送還される。だからちゃんと理由を言わないと……

「僕、全部知っていますよ。あなた達の結婚、最初からおかしいと思っていましたから。希美さんはあの男のマンションには住んでいない。籍だけ入れて、あなた達は個々に自由な生活を送っている。僕やご両親を騙(だま)して」

「騙(だま)してなんか……」

「いいえ、騙していないます。希美さんとあの男は、本当の夫婦じゃない」

福山くんは、私のマンションが空き部屋になったら、同じ部屋を借りて私と一緒に住んでいる妄想を楽しもうと思っていたらしい。だけどいつまで待っても空きにならないので管理会社に連絡を取ってみると、部屋は空いていないと告げられた。

おかしいと思い、涼介さんのマンションにも出向いた。数日見張ってみたものの、私が一向に現れないので別居していると察したのだという。

「さぁ、実家に帰りますよ。ご両親がお待ちです」

「どういうことですか？」

「ご両親にはこのことをすでに伝えてあります。許婚として僕が責任を持ってあなたを連れ戻しにきたのです」

私の腕を掴んだ福山くんに、マンションの外へと連れ出される。待機していたタクシーに押し込まれて駅へと出発する。

「待ってください、話し合うにしても、私は会社が……！」

「そんなことは気にしないで。退職手続きと離婚の手続きを取るとのことなので、もうあの男の言いなりにはならなくていいんですよ」

何か話がズレている気がする。あの男の言いなりって言ったよね？

涼介さんに命令されて、籍だけ入れたと思われてる？　涼介さんだけ悪者にされていない？

「誤解です。私と涼介さんは、ちゃんとした夫婦です」

「じゃあ、なぜ離れて暮らしているんです？　同じ生活圏内にいるにもかかわらず一緒に住まず、別々の生活を送っているのはなぜ？　相手が単身赴任しているならまだ分かりますが、そうではないでしょう」

「それは……」

お互いの生活ペースを崩さず、籍だけ入れるスタイルだったから。でもそんなこと、福山くんやうちの両親に話したところで納得してもらえないだろう。一般的な結婚、夫婦というものを重んじている人たちには通用しない。

なおさら、偽装結婚のことは言えないだろう。

「安心してください。僕はあなたが一度結婚に失敗している女性であっても、気にしませんから」

「え……？」

「離婚が成立し、しかるべきときに入籍しましょう。やはり同郷同士の結婚が一番だったんですよ。地元のしきたりや、習慣も同じ。両親も知った仲だし上手くいきます」

待って、そんなの絶対に嫌だ。私は離婚なんてしたくないし、福山くんと再婚もしたくない。

「あなたとは結婚しません」

「もう逃がしませんよ」

きっぱりと断ったのに、被せるように逃がさないと言われてしまった。しかも福山くんはなんと、私の片方の手首に手錠を嵌めたのだ。そしてその手錠の片割れを自身の手につけた。

「何これ……っ、何でこんなもの……！」

「帰りますよ。そして、僕と一緒になるんです」

目の前がぐらりと揺れ、昨日までの幸せな日々が音をたてて崩れる。両親を騙して契約結婚をして自由な日々を謳歌した報いがやってきてしまった。

手を拘束されてしまい、逃げることが叶わず、私は地元へと強制送還されてしまった。

福山くんは私を実家に送り届けると、手錠を外して一度自宅に帰ると言って出ていった。

そして今、父と母、それから私は和室の客間で向かい合って座っている。ひんやりとした畳の上に正座して、怒りを隠し切れない様子の母が話を切り出した。

「希美、これはどういうことなの？」

福山くんが用意したであろう、写真の数々が目の前のテーブルにばらまかれる。ひとり暮らししていたマンションに今も住み続けている様子や、会社へ通勤するためにマンションを出るところ、涼介さんが自宅マンションに帰宅する様子などが写っている。

私たちが一緒にいる写真は一枚もなく、別々のマンションで生活していることが証明されていた。

「内緒にしていてごめんなさい、私たちは別々に住んでいます。お互い忙しいし、今までのライフスタイルを崩したくなくて……ふたりで話し合った結果、別々の生活をしようって」

「最初からそのつもりで結婚したってこと？」

「ううん、そうじゃない。結婚してしばらくしてから、私がそうしたいってお願いしたの。だから……」

母はあからさまに「はあ」と大きなため息をつく。自分たちの思い描いている結婚生活とは違うものを理解できないと頭を悩ませているようだ。

「希美。夫婦ってね、そういうものじゃないと思うの。一緒の家で生活をして、一緒に暮らして、いろいろなことを共有して、本当の家族になっていくのよ。それなのに別居だなんて……あなたたち、結婚を何だと思っているの」

「一緒に住むだけが結婚じゃないよ。世の中にはいろいろな形の夫婦がいる。お父さんやお母さんが知っている結婚だけが全てじゃない」

「そんなことないわ。お母さんたちは、そういう夫婦生活を送ったからこそ、うまくやってきたのよ」

反論しても無駄かもしれないけれど、もう黙っていられなかった。今までずっと我慢してきたけれど、母たちの価値観を押し付けられることに限界を感じる。

「ふたりが納得しているのであれば、どんな形だって問題ないはずだよ。型にはまっていないと夫婦と認められないなんておかしい」

そう伝えるけれど、父と母には受け入れられないようで、全く話が通じない。

「父さんたちは、こんな結婚を許した覚えはない。相手にいいように利用されているだけで、いらなくなったら簡単に捨てられてしまうような結婚を許可するなんてできない。

こんな相手とは即刻離婚しなさい」

「そうよ。希美のことを何だと思っているの。あなたはいいように使われているだけなのよ」

そうじゃない、これは私自身が望んだ結婚だし、どちらかといえば私の事情によるものの方が大きい。涼介さんは悪くない。

そう訴えても、両親は聞く耳を持たず、話は平行線を辿るばかり。最終的に、この先私の人生をどう立て直すかという話にまで発展していった。

「悪い男に捕まって傷ものにされただけでなく、年齢も年齢だ。東京に置いておくわけにもいかないから、ここに住みなさい。幸い、福山くんが希美を引き取ると言ってくれている」

「そうよ。一度失敗しているにもかかわらず、あなたが騙されていたと知って、やり直してもいいって言ってくれているのよ。最初から福山くんと結婚するべきだったんだわ。彼に感謝しなさい」

感謝……？　そんなのするわけない。

私たちの結婚生活をめちゃくちゃにしようとしているのは福山くんのほうだ。

「私はここに帰らない。涼介さんとも離婚しない」

「まだそんなこと言ってるのか。目を覚ましなさい」

「あなたは遊ばれているのよ」

涼介さんに洗脳されているかのように言われて、とても腹が立つ。感情的にならずにおこうと思うのに、折り合いがつかなくてもどかしくてたまらない。

どうすれば分かってもらえるの……？

「もしこのまま私たちの言うことが聞けないのなら、この事実を世間に公表します。あの方は大きな会社の社長なんでしょう？　このことが世間に広まれば、社会的制裁を受けるはずよ」

「お母さん……！」

GAGADOの社長が娘を騙した！　とマスコミに情報を流せば、会社のイメージが悪くなるだろう。スキャンダルとして取り上げられて、騒ぎになることは間違いない。

「そんなことをするなんて、非常識だよ！」

私のせいで、涼介さんに迷惑がかかるのだけは絶対に阻止しなければ。それにそんなことをしたらどうなるか、本当に分かっているのだろうか。娘の結婚にすらこれだけ世間体を気にする人たちなのに、騙されていたなんて公表したら自分たちの恥も晒して首を絞めることになるのではないの？

涼介さんを守るためには、両親が一番気にするところを指摘して止めるのが一番だと考えて、言葉を選ぶ。

「公表したら、私たち家族のことだって晒されることになるのよ。分かってるの？」

「構わないわ。大事な娘を取り返すためなら、手段を選ばない。このまま騙され続けているのを見ているほうが辛いもの」

「お前のことは、福山くんが守ってくれる。騒ぎが収まったころに入籍すれば、問題ないだろう」

私のためを思ってやっているのか、そうでないのか理解ができない。とにかく両親は私を目の届く場所に置いて、昔ながらの結婚というものをさせたいらしい。

もしこのまま反発し続けて離婚を拒んだら、この写真を持ってマスコミに連絡しかねない。もともと婚約者がいた女性を奪い、籍を入れる以外何もしない無責任な結婚生活を送っていると公表される。

大きく取り上げられないにしても、この事実はＧＡＧＡＤＯに何らかの影響を及ぼすだろう。

そんなことになったら、涼介さんだけでなく、彼の家族や会社にも迷惑をかける。それなら、自ら離婚を切り出して身を引いたほうが彼のためだ。

幸いにも、私たちは契約結婚だ。

どちらかが離婚を切り出した場合には、すぐに合意するように約束してある。愛があったわけでもないし、引き留められることもないだろう。

「……分かりました、離婚します」

私がそう答えると、両親に笑みが戻る。安堵の表情に変わり、目の前に離婚届を差し出された。

「さぁ、今すぐ書きなさい」

「……はい」

両親が見守る中、離婚届を記入し始める。

涼介さんともっと一緒にいたかった。まだまだ話したいことがたくさんあった。いろんなところに行きたかった。

一緒に過ごす時間が増えるたびに、涼介さんに惹かれていったし、本当に愛されているんじゃないかと錯覚するほど優しくしてもらえた。

両親が言うように、騙されていたのかもしれない。私を好きなふりをして楽しんでいたのかもしれない。そうだったとしてもいいと思えるくらい、いつの間にか涼介さんのことが好きになっていた。

男の人なんて、全然信用できないと思っていたのに、涼介さんは特別だった。

だから、もっと一緒にいたかった……

でも私の家の事情で彼に迷惑をかけられない。好きだからこそ、迷惑をかけたくない。

だから――私たちはここでお別れだ。

「書けました」

妻が書くべきところを埋め、父に差し出す。それを受け取った父は、封筒に入れて郵送すると言い家を出て行った。

……終わった。

これで私と涼介さんの結婚は終わった。やけに簡単だったなと思うのと同時に、大きな喪失感でいっぱいになり思考が停止してしまった。ぼんやりとして、もうどうにでもなれ、と投げやりになる。

「あなたの会社にも連絡しておくわ。もう行かなくていいから」

「そんな……！」

さすがにそこまではと抵抗してもやはり取り合ってもらえない。身勝手なことばかり言う両親に疲弊した私は、二階にある自分の部屋へ向かった。

何もない畳の部屋に座り込んで、どうしてこんなことになったのだろう、とため息を漏らす。

涼介さんが案じていたように、福山くんは諦めてはいなかった。涼介さんと結婚することになって収束したと思っていたけど、それは間違いだった。そんな簡単なものではなかったのだ。

このまま私は親の言いなりになって、涼介さんも仕事も取り上げられてしまうのだろうか。

もともとこの家に生まれてきたときから感じていた束縛感。それが嫌で家を出たのだけど、やはり引き戻されてしまった。今すぐここを逃げ出したとしても、根本的な解決にはならないし、これ以上私の家の問題から目を背(そむ)けてはならないところまできている。

今は両親も私も感情的になっているから、少し冷静になろう。私ももう大人だ。両親と対等に話せるくらいには成長したはず。ひとりの人間として、ちゃんと向き合わないといけない。

逃げ回っても事態が好転するとは思えないので、話し合うチャンスを窺(うかが)うことにした。

それから部屋に引き込もり、今後のことを改めて考えた。

涼介さんのもとにいつ離婚届は届くかな。

それを見て、彼はどう思うだろう。お互いに離婚を切り出されたときは、素直に応じる約束だったから、記入を済ませて提出されるかもしれない。

すぐに藤ヶ谷希美じゃなくなる可能性だってある。

「はあ……」

涼介さんに迷惑をかけたくないと離婚届に記入をしてしまったけれど、本当は離婚なんてしたくない。

涼介さんと夫婦として参加したイベントはどれも楽しかった。涼介さんのご両親も友達も、いい人たちばかりで、もう会えなくなるなんて嫌だ。

最初はプロの妻として振る舞うことに徹していたのに、一線を越えて以来、ふたりの距離がぐっと縮まった。プライベートの彼を知るたび、どんどん惹かれていった。

恋愛経験がなくて、あまり分かっていなかったけれど、私は涼介さんと結婚する前から、きっと彼に恋をしていた。

仕事を一緒にしているとき、聡明な彼を尊敬していた。雲の上の人だと思っていたし憧れを抱いていたけれど、それが「好き」なんだとは自覚していなかった。

釣り合うはずがないと思って、感情の深読みをしていなかったが、きっとその時から好きだったのだ。そうじゃなきゃ、結婚などしなかった。

体の関係を持ち、夫婦らしくするたびに気持ちが膨らんでいく。好きになってはいけないとブレーキをかけるのに、抱かれて求められるたび、本当に愛されているみたいに思えて、溺れていくのを止められなくなった。

本当の夫婦になれたら、想いを通わせることができたらと何度も思った。

涼介さんを独占したい、涼介さんに愛されたいと強く願った。

もうこれ以上隠せない――そう思った矢先にこんなことになってしまって……離れてから、こんなに好きなことに気がつくなんて。

関係が壊れることが怖くて仕方なかったけれど、ちゃんと伝えればよかった。何も言えずに終わるくらいなら、素直に打ち明けて終わったほうがよかった。

涼介さん……会いたいよ。

しかしスマホが圏外なので、外部との連絡手段がなくて助けを呼ぶこともできない。会社の人たちは、急に来なくなったことをどう思っているのだろう。途中だった仕事もあったのに、全て放り投げて帰れなくなってしまった。

部屋から出てこない私を心配して、母が時折声をかけてくるものの、そもそもこの状況にしたのは両親だ。まともに話ができるようになるまで、返事しないと決めて食事も拒む。

体調を心配する母は、諦めずに何度も声をかけてくる。

外が暗くなって、食事をとらずに丸二日経ったころ、母は頭を下げてきた。

「希美……とにかく食事をとりなさい。倒れてしまうわ」

「倒れてもいい。涼介さんに会わせてくれないのなら、このまま食べない」

「そんな……。どうしてそこまでしてあの人に会いたいの？」

「夫婦なんだから当たり前でしょ。それに何も言わずに離婚届を送りつけるなんて失礼だし、納得してもらえるわけないじゃない。ちゃんと話をさせて」

すると、このまま食べないと私が倒れてしまうと判断したようで、ついに母が折れた。

「……分かったわ。その代わり、一度食事をして」

涼介さんと話し合いの場を設けると約束してくれたので、私も両親の意向を汲むことにした。食事をするために一階に下りる。食事をとり、お風呂にも入ったところで、家のインターホンが鳴った。

母は訪問者に心当たりがあるようで、急いで玄関に向かっていった。私は気にせず、洗面所で濡れた髪をドライヤーで乾かしていると、扉の近くでこちらを覗いている人の存在に気がついた。

「希美さん、ご機嫌はいかがですか？」

「…………」

誰が訪ねてきたのかと思えば、福山くんだった。相変わらずの風貌で、指紋がたくさんついている眼鏡は曇っている。

なぜここに来たのかと警戒するけれど、彼は私の許婚になっているのだ。しかも一度結婚に失敗した娘を快く受け入れてくれる男性だから、両親にとても気に入られている。娘の様子を心配してくれる優しい許婚である福山くんは、うちの家に自由に出入りできるようになっていた。

「少しふたりでお話しできませんか？」

「話すことは何もありません。私は、あなたと結婚する意思はありませんので」

「はは、威勢がいいな。別に密室で話そうと言っているわけじゃありません。少し外で話しましょう。ちゃんと話し合えば、お互いにいい方法が見つかりますよ？」

福山くんとふたりきりで話すなんて気が進まない。けれど、両親と同じで、この人のことも避けていては何も解決しないだろう。私の意思をしっかりと伝えて諦めてもらわなければならない。

「……分かりました」

密室にふたりきりより外でいるほうがいいと、彼の後ろについて外へ向かう。私の家の近くにある小さな公園に向かい、間を空けてベンチに座る。

部屋着の上にコートを羽織った状態なのだけど、東京と比べものにならないくらい寒くて、すっかり都会の気候に慣れてしまった体には辛い。

寒さで震える私に近づこうとする彼と接触しないように避ける。

「そんなにあからさまに警戒しないでくださいよ」

どこか楽しそうに微笑む福山くんは、私のことを見つめて肩を揺らす。さっさと話を終わらせたい。余計な話はせずに、私はいきなり本題に入る。

「どうして、こんなことをしたんですか？　うちの両親をそそのかすようなことをして……」

「そそのかしてなんかいませんよ。希美が僕を試すようなことばかりするから」

「試す……？」

そう、と頷いて、福山くんはゆっくりと私から視線を逸らす。そして公園の地面に落ちている小石を足先で弄（いじ）りながら話を続ける。

「好きでもない男と結婚して、僕が攫（さら）いに来るのを待っていたんですよね？　僕の愛を試したんだ」

「そんなことしてない」

「してるよ！　僕に気を持たせるようなことを散々してきたじゃないか。本当は僕のことが好きなくせに、なかなか僕のものになろうとしない」

彼の言っていることが分からなくて返答に困ってしまう。

私がいつ気を持たせるようなことをしたのだろうと思い返しても、全く心当たりがない。

昔から福山くんとは同級生ではあったものの、高校と大学は別々だったし、そこまで接点はなかったはず。こんなに熱い想いをぶつけられるほど、ふたりの共通の思い出などひとつもない。

「僕は昔からずっと希美だけを想っていた。僕の気持ちを試すために、こうやって気のない素振りばかりするんだよね？　君は本当に、手のかかる仕方ない子だ」

すっくと立ち上がった福山くんは、私のもとへ近づいてくる。急に距離を詰められて驚くものの、咄嗟に逃げないといけないと判断して、私も立ち上がる。

「お待たせ。僕のものになるときが来たよ」

これは大変な状況になったかもしれない。外だから大丈夫だと思っていたけれど、甘かったようだ。じりじりとにじり寄られて、公園の端まで追いやられる。行き場を失って逃げられなくなってしまい脚が震えた。

誰か助けて！　涼介さん……！

＊　＊　＊

離婚届と書かれた紙を持ったまま、俺はしばらく固まってしまった。妻の欄に希美の名前が記入されていて、彼女が埋めるべき箇所は全て記入されている。しかもちゃんと希美の筆跡だ。

どういうことだ？　俺と離婚したいということか？

それならなぜ直接言ってこないのだろう。つい先日まで一緒に過ごしていたのに、急にこんなものが送りつけられてくるなんておかしい。封筒の消印を見てみると、希美の地元になっているので、これは彼女の実家から送られてきたものだと察する。

もしかして、俺たちの関係がバレた……とか。

結婚に対してこだわりを持った希美の両親に本当のことを知られてしまったのであれば、離婚しろと強要されていることも納得がいく。そうではないかと考えて希美に電話をかけてみるが、圏外のアナウンスが流れるばかりで繋がらない。

「これは……もしかすると、もしかするかもしれない」

嫌な予感を抱えながら、とりあえず出社することにした。今日は平日で、いつも通りの業務がある。仕事に穴を空けるわけにはいかない。

希美のことを気にかけながら、仕事に取り掛かる。数時間置きに彼女に電話をするが、やはり繋がらない。これは実家に強制的に連れ戻されている可能性が高い。

グレハティに電話をかけてみるのもひとつの手だが、それをすると何かあったのかと勘繰られてしまうだろう。今日はちょうどグレハティの定例ミーティングがあるので、そのときに探りを入れてみよう。

午後から始まった定例ミーティングでは、毎月の確認事項と、新しいプロジェクトについて話し合う。全て順調に進んで会議が終わると、最近メンバーに加わった女性社員——西野さんが俺のもとへ近づいてきた。

「あの……希美さんの様子はいかがですか？」

「え？」

「急に仕事をお休みされて、しかも長期休暇なんて……理由も詳しく分からないので、皆心配しているんです。もしかして、妊娠されたのかなーなんて話もあるんですけど、その……つわり的な？　それだったらいいんですけど、連絡してもずっと圏外なのも変だなって……」

そうか。やはり希美は会社にも来ていないのか。

しかも理由は話されていない。仕事に対して真面目で責任感の強い希美のことだから、自ら（みずか）こんなことをするはずがない。やはり彼女の両親の仕業（しわざ）に違いない。

「どうされたんですか？　もしかして、重い病気になったんじゃないですよね？」

心配そうに話しかけてくる西野さんは、希美と親しい後輩のようで、とても気にかけてくれている。

「大丈夫です。妻のご両親にいろいろありまして、実家に帰っているんです。向こうは圏外の場所ですし、連絡がつかないんですよ」

「そうだったんですか……よかったです。噂では、退職願を出したとか出していないとか。このまま退職してしまうんじゃないかって心配していたんです。ご両親の件でお休みしているのなら、また戻って来られそうですね」

「その予定です。ご心配おかけして申し訳ない。ちゃんと連絡を入れるよう、伝えておきます」

「いえいえ、大丈夫ならいいんです。いきなりこんなことを聞いてすみません。ありがとうございました」

安堵の表情を浮かべて、西野さんはグレハティ社員たちのもとへ戻って行った。

事情をよく知りもしないのに、適当に話してしまったが致し方ない。真相が分かるまで大事(おおごと)にするわけにはいかない。これからどうするべきか。

このままだと希美はあの家に縛り付けられて、またあの許婚(いいなずけ)の男と結婚するように仕向けられるかもしれない。

きっと希美はそんなことを望んでいない。そして希美は俺との婚姻関係を終わらせようと思っていないはずだ。俺たちは契約結婚だったが、少しずつゆっくりと距離を縮めてきた。

彼女が離婚したいほど、俺との結婚を嫌がっているようには思えない。いや、そう思いたくない。彼女の口から「離婚したい」と言われるまで、この事実を受け入れるつもりはなかった。

悪あがきをしている気分になるが、希美のことを本気で好きになった今、簡単に手放せない。

グレハティ社員たちが帰ったあと、社長室に戻って秘書を呼び出す。明日からのスケジュール調整をするように指示を出し、飛行機の最終便で希美の実家に向かう手配をした。


空港からタクシーで一時間ほど走ったところに希美の実家がある。晴れているとはいえ寒さが厳しく、風が吹くたびに頬が痛い。

実家に到着し、インターホンを押してみる。すぐに出てきてくれたらいいのだけど……

『はい』

「すみません、藤ヶ谷です。突然お邪魔して申し訳ございません、希美さんはいらっしゃいますか？」

『……開けます』

しばらくすると希美の両親が揃って出てきた。

「どうぞ、中へ」

「失礼いたします」

門前払いをされるのではないかと思っていたが、中には入れてもらえるようだ。

そういえば、結婚の許しをもらいに来たとき以来の訪問だ。

昔ながらの造りではあるが、ほっとするような木造の家。希美の両親はうちの親よりも十ほど年上だと聞いている。すでに定年退職している義父と、割烹着を着て主婦業に勤しむ義母。なかなか子どもができず、希美は年を取ってからの子だったらしい。

大切なひとり娘だったからこそ、ずっと大事に守ってきたのだろう。過保護になるのも仕方ないと思う。だからといって、黙って引き下がるつもりはないが。

応接間に通され、大きなテーブルを挟んで向かい合って座る。俯き加減のふたりはしばらく黙っていたが、義父が口を開いた。

「今回は突然離婚届を送りつけるなど不躾なことをしてしまって申し訳ない」

「いえ。しかし、理由が分からず混乱しました。希美さんとの生活は、お互い納得の上でうまくいっていると思っていましたので」

「別居しているのに、ですか？　それでうまくいっていると言えるんですか？」

それとなくカマをかけてみたが、やはり俺たちの生活スタイルがバレてしまっているようだ。

「ふたりで話し合って決めたことです。別居と言っても、定期的に会ってはいますし、仲はいいです」

「そんなの……上辺だけの夫婦じゃないですか。君は大企業の社長だし、他に女性を作ることも簡単だ。希美を弄ぶのはやめてもらえませんか？　私たちは娘が傷つくところを見たくないんです」

「別居するなんて、私たちは聞いていませんでした。騙された気分です。そんな結婚をさせるなんて、私たちの娘を何だと思っているんですか！」

冷静な義父と違って、義母は涙を零しながら声を荒らげる。その悲痛な表情を見ていると、ふたりで決めたこととはいえ、彼らを裏切ったような気持ちになり胸を締め付けられた。

「いい加減な気持ちで結婚したわけではありません。僕としては時期がくれば、一緒に生活をするつもりです。今はまだ、お互い心の準備ができていないため、このような状態になっていますが、近々話し合うつもりでした」

「そんなの、信じられません。心の準備って……何ですか」

震えた声で訴えかけてくる義母をまっすぐに見つめる。

「気を悪くしないでいただきたいのですが、希美さんは男性に免疫のない女性です。付き合っていたとはいえ、いきなり男性と住むのは戸惑うに違いないと思ったんです。両親に大事に育てられてきて、とても純粋な方だと思っています。だから強引にするべきではないと判断したんです」

「……そう、なんですか……」

　手塩にかけて育ててきた娘を大事にしたいがゆえの別居だったと聞き、ふたりに安堵の表情が浮かぶ。

「それよりも、僕としては福山さんのことが心配です」

「福山くん……ですか？　彼のことをご存知なんですか？」

　希美には伝えていなかったが、最近グレハティのSNSとうちのSNSに過激な書き込みをしているのは福山の仕業（しわざ）だった。執拗（しつよう）なコメントや卑猥（ひわい）な言葉を投げつける行為を、いくつものアカウントを使用してやっていた。

　うちもグレハティも専門部署で対応をしていたが、その人物が福山と分かったのは、ほんの数日前だ。彼女に警戒するよう助言する前に、希美と離れ離れになってしまった。

　しかも地元に戻っていたとなると、更に危険度が高まる。そのことを義両親に伝えると信じられないと驚かれた。

「それ以外にも、福山さんは学生時代から希美さんの体操服を盗むなどをして、付き纏（まと）っていたようです。そんな危険な男に、彼女を任せるわけにはいかないでしょう」

「そんな……」

「福山くんが、そんなことを……」

義父と義母が慌て始める。その異様な動揺ぶりを不審に思っていると、義母が立ち上がった。

「お父さん、どうしましょう。あの子大丈夫かしら？」

「そうだな。早く連れ戻さないと」

どういうことだ？

ふたりの話を聞いていると、福山と希美は今一緒にいるらしい。どうしてそのようなことになったかまでは分からないが、危険な状況であることには違いない。

「今から捜しに行ってきます！」

「私たちも行きます」

ぐずぐずしていられない、と急いで家を出る。どうか無事であってくれ、と願いながら走り出した。

10

肌を刺すような寒さなのに、今はそれを感じない。すぐそこまで来ている福山くんはじっとりとした笑顔で私を見つめている。

「好きだよ、希美。でも……あの男と結婚してしまって、一度汚れてしまったよね。綺麗にしないといけないね」

「綺麗になんてしてもらわなくていい。来ないで」

「またまた……。恥ずかしがらないでいいよ」

だめだ……話が全く伝わらない。どうやって逃げるべきか、切羽詰まった頭ではいい考えが纏まらない。

とにかく離れないといけないと思った私は、勢いよく走り出す。しかし腕を掴まれてしまって、逃げられなくなる。なんとかもがいて逃げようとしたら足を滑らせてしまい、地面に押し倒された。

「いた……っ」

福山くんは私の乱れた髪をぎゅっと掴んで、鼻へ押し付けて大きく息を吸い込んだ。

「はぁ……っ、いい匂い。希美の匂いだ」

「嫌っ！　離して!!」

怖い……っ。何をするつもりなの？

福山くんは何度も深呼吸して髪の匂いを嗅ぎ、恍惚とした表情を浮かべている。

どのくらいの時間が経ったのか分からない。恐怖に耐えながら、早く終わってほしいと目を閉じていると、急に髪を掴む手が離れた。

「おい、お前。何をやってるんだ！」

「わああ！」

突然現れた涼介さんに引き剥がされ、福山くんは暴れ始めた。手当たり次第に手を振り回すけれど、涼介さんはそれをひらりとかわす。そして私のもとに駆け寄り背中にかばってくれた。

「涼介さん……っ！」

どうしてここに？　私のことを捜してここまで来てくれたの……？

「遅くなってごめん」

「ううん、そんなことないよ。ありがとう」

もう会えないと思っていたから、また会えたのが夢みたい。目の前にいる涼介さんが本物かどうか確かめたくて、ぎゅっとしがみつく。

「大丈夫だった？　何もされていないか？」

「うん」

いつも感じていた彼のぬくもりに安心する。ここにいるのは、大好きな涼介さんだ。でもまだ油断できない状況だ。やけに静かなので前を見てみると、福山くんは服のポケットをまさぐりナイフを取り出した。

「希美……僕と死のう。そうしたら、ずっと邪魔されずに一緒だよ」

「やめて……！」

福山くんはナイフを持ってもう一度向かってこようとするが、それと同時に涼介さんが福山くんの腕を蹴り上げる。ナイフは遠くへ飛び、福山くんもバランスを崩して大きく転んだ。

「ふぐ……っ」

「こんなことをしても、希美はお前のものにはならない。好きな人を恐怖で支配するなんて最低だ」

福山くんが蹲り「ううう」と呻いている間に、騒ぎに気がついた誰かが通報したらしく、公園に警官が数人やってきた。

ナイフを所持していた福山くんは警察に取り押さえられ、連行されることになった。被害者ということで、私たちも事情聴取のために警察署に行くことになった。

警察署での事情聴取は長時間に及び、実家に帰ったのは深夜だった。私たちが帰ってくるまで両親も起きて待っていてくれた。

「おかえりなさい」

「ただいま……」

長時間の事情聴取に疲弊している私は、力なく返事をする。涼介さんにもたれかかりながら玄関に入り座り込んだ。

「希美さんはすごく怖かったでしょうし、疲れていると思います。今日はゆっくり休ませてあげてください。遅くまですみませんでした。僕はこれで……」

このまま立ち去ろうとする涼介さんのコートを掴み、私は引き留める。

「待って。こんな時間だし、今から移動するなんて大変だよ。うちに泊まっていって」

「いや、でも――」

「いいよね、お父さん。私を助けてくれた旦那さんを追い出すなんてこと、しないでしょ？」

ぐうの音も出ない正論に、両親は頷いた。

「本当に申し訳ありませんでした。娘を心配するあまり、非常識なことばかりしていました。君も疑い、娘も信用せず……親失格です」

「娘を守ってくれて、本当にありがとうございました。ぜひ泊まっていってください」

母も続いて涼介さんに頭を下げる。自分たちの思い込みで福山くんを信用しきっていたことを反省してくれたようだ。

「どうか頭を上げてください。おふたりを責めるつもりはありません」

涼介さんに対してぞんざいな扱いをした両親のことを非難することなく、真摯に対応してくれる彼に感謝する。改めて人としての器の大きさを実感させられた。

父と母が頭を下げて何度もお願いした結果、涼介さんは私の実家に泊まることになった。

部屋に布団をふたつ敷いて、私たちは布団の上で向かい合って座っている。お風呂から上がった涼介さんは新品のパジャマに袖を通して居心地悪そうにしていた。

「まさか、泊まらせてもらえるとは思ってなかったよ」

「お父さんもお母さんも、今回のことで懲りたと思うよ。もう涼介さんに頭が上がらないだろうね」

離婚しろと憤慨していた両親だったけれど、涼介さんがきちんと話をし、福山くんから私を守ってくれたことで、ふたりの結婚を認めたのだろう。

「希美は……これで本当によかった？」

「え？」

「認めてもらうってことは、このまま結婚を継続するということだ。しかもこれからはもっと夫婦らしくしないといけない。……ふりだけじゃ済まないかもしれない」

それって……今までみたいな生活ができなくなるってこと？

うちの両親を説得するために、今は一時的に別居しているが、ゆくゆくは一緒に住む予定だと言ったらしい。ということは、いずれ一緒に住んでおかないと今回のようなトラブルが発生する可能性がある。

でも涼介さんは、今回の一件で私を含め、うちの家族が面倒臭いと思ったかな。偽装結婚をするために私を選んだのに、疑り深い親がいて、これ以上厄介事に巻き込まれたくないと思うのは当然だ。

「ごめんね、面倒なことになってしまって。私と一緒に住むなんて、涼介さんは困るよね」

もともとお互いの自由を確保するために夫婦になったのに、一緒に住むとなると本来のメリットがなくなってくる。しかも想い合っているわけじゃない。

私は涼介さんのことが好きだし、一緒にいたいと思うけれど、涼介さんはそうじゃないだろうし。

好き同士じゃないのに、一緒に住むなんてできない……よね。

ってことは……契約解消？

そういうことだよね、と不安な気持ちを抱えながら涼介さんの顔を見つめると、彼はまっすぐにこちらを見据えていた。

「俺は、希美と本当の夫婦になりたいと思ってる」

「え……」

「希美のことが好きだ」

突然の告白に息が止まりそうになった。いつになく真剣な眼差しに見つめられて、胸の鼓動が速くなる。

「結婚する前までは希美のことを特別に意識していないと思っていたけど、結婚して距離が縮まるたびに、本気で好きになっていく気持ちを止められなくなっていった。きっと最初から、自覚していなかっただけで君のことが好きだったんだな」

「涼介さん……」

「だから、今回、離婚届が送られてきたとき、絶対に離婚したくないと思った」

本当に？　涼介さんが私を好き……？

夢みたいな言葉をもらって、信じられない。でも私の手をぎゅっと握り締める涼介さんのぬくもりは嘘じゃない。

何の迷いもなくまっすぐに私を見つめる涼介さんは、いつも以上に真剣で。その偽りのない真剣な姿に胸を打たれる。

「だから、改めて……。俺と本当の夫婦になってください。今度は偽装結婚じゃなく、一緒に住んで一緒に生活をして、ずっと傍にいてほしい。希美がいる家に帰りたいんだ」

そんなふうに望んでくれることが嬉しい。私だけかと思っていたのに、涼介さんも同じ気持ちだったなんて。

「希美はどう思う？　もしこのままの生活がいいのなら無理強いはしないし、今のままがいいなら、従うけど……」

偽装夫婦だけど、セフレ。

そんないびつな関係だったけれど、ずっとそのままがいいなんて思っていない。できるなら、ちゃんと愛し合って正式な妻になりたい。けど……

「そ、そんなことは、ないけど……。そもそも、セフレになろうと提案したのは、涼介さんじゃない」

「ええ？　俺たちの関係はセフレだと念押ししてきたのは、希美だろう？」

お互いの意見が微妙にズレていて、なぜそうなったか話し合う。私は、既婚者なのに処女なんて不自然だと指摘されて、経験を積むために涼介さんと関係を結んだ。

涼介さんは、既婚者になったことでセックスする相手がいなくて欲求不満だったから、私の練習相手になってくれたんじゃなかったの？

「俺は欲求不満じゃない。相手はいないと言ったかもしれないけど、溜まってもないし。それに、そういうことをする相手は誰でもいいわけじゃない」

「そうなの……？」

「そうだよ」

そう言われて、ちょっと納得。確かに、涼介さんは軽い男の人じゃない。女性からグイグイ来られるのは苦手だと言っていたし、誰彼構わずしていたのなら相手がいない状況にはならないはずだ。

「希美が誰ともしたことないって言うから、どうしても俺のものにしたくて……あいう流れになってしまっただけで。一線を越えてすぐにちゃんとした夫婦になろうと提案しようとしたが——希美は俺にセフレなんだろう、と念押ししてきたんだ。それ以上の感情を抱くなと牽制されたのかと思った」

「ええ……っ、そんなの知らない……！」

「記憶にないの？」

「ない……かも」

ははっ、と申し訳なく笑うと、涼介さんは大きなため息をついた。

「体は許したけど、本気になるなと釘を刺されたんだと思ってた。だから、回数を重ねるたびに俺に本気になるように仕掛けてたつもりだったんだけど、それじゃだめだなと思って——」

だから途中から手を出さなくなった。あのときはなぜだろうと不思議に思っていたけれど、それを聞いて腑に落ちた。

「そうだったんだ。私てっきり飽きられたのかと思ってた」

「そんなわけないだろう。ずっと我慢していたのに、パーティで他の男と仲良くしているのを見て、嫉妬して我慢できなくなったんだ」

パーティの夜、激しく求められたことを思い出す。あの日は渇いていた体を潤すように、必死に求め合って抱き合った。あの「本物の夫婦プレイ」はプレイなんかじゃなく、ふたりとも本気で夫婦をしていたんだと知って、改めて恥ずかしくなる。

「ねぇ、希美の気持ちを聞かせて」

急に意見を求められて胸が跳ねる。

ずっと胸の奥にしまいこんでいた感情。伝える日は来ないだろうと押し込んでいた気持ちを聞かれるなんて……

でも言わなきゃ。涼介さんだって気持ちを伝えてくれたんだから、私も素直にならないと。

「私も……涼介さんが好き。涼介さんと同じで、本当の夫婦になりたい」

離ればなれのときの、「今、涼介さんは何をしているんだろう」と焦がれる気持ちや、連絡がきて嬉しい気持ちも好きだけど、一緒にいられる時間はもっと好きだ。

こんな気持ちを知ったのは、涼介さんと出会ったから。

傍にいられるなんて、これ以上の幸せはない。お互いひとりの時間が大切だったから、一緒に生活をすれば衝突することがあるかもしれないけれど、涼介さんとなら話し合ってベストな形を築き上げていけると思う。

「本当に？」

「うん、本当に。恋愛経験がなさすぎて気づいていなかったけど、私も結婚する前から涼介さんのことが好きだったんだと思う。そうじゃなきゃ、結婚なんてできない」

契約結婚といえども、涼介さん以外の人とは嫌だった。

「じゃあ、これからは一緒に住んでくれる？　ずっと俺の傍にいてくれる？」

「うん」

返事をすると、目を細めて嬉しそうに微笑みかけられた。そして再びぎゅっと強く抱き締められる。嬉しいと思ってくれていることが伝わってきて、私も嬉しくなる。涼介さんの生活を邪魔してはいけないと、この気持ちを隠していたけれど、こうやって両想いになれて本当によかった。

「じゃあ、ひとつお願いしてもいい？」

「……何？」

「今、ここで俺のことが好きって言って、キスして」

「ええーっ」

急に何を言い出すのかと思いきや、そんなこと！　好きと言ってキスするなんて……恥ずかしすぎる。

しているところを想像して顔を赤らめると、涼介さんは少年みたいな無邪気な顔で笑い出す。

「俺のことが本当に好きなら、できるよね？」

「えええ……そうだけど、でも……」

その笑顔……笑ってるのに、全然譲る気がなさそうで怖いんですけど。ニコニコと笑顔の圧力を受けて、逃げられないことを悟る。好きならできる。よし、覚悟を決めよう。

体勢を整え、お互いの体を少し離す。そして正座をして正面にいる涼介さんを見据えた。

「涼介さん」

「はい。……何？」

上機嫌に返事をする涼介さん。何？　じゃないでしょう。分かってるくせに。そんな悪戯なところも何だか可愛くて、つられて笑ってしまう。

「好きだよ、大好き！」

そう言って彼の首に手を回して、唇を重ねた。すぐに終わると思っていたのに、背中に手を回されて逃がしてもらえなくなった。

「……ん、っ……、りょう、すけ……さ……んっ」

「俺も好きだよ。もう絶対離さないから。……覚悟して」

この執拗なキスで、絶対に離してもらえそうにないことは伝わってきた。でも嬉しい。私だって離したくない。ずっと一緒にいたい。

ちゅ、ちゅっと楽しいキスから、舌を重ねてお互いの唾液を混ぜ合わせるような濃厚なキスに変わり、息が上がってくる。

「はぁ……。このましてたら、最後までしたくなる」

「へ……？」

息継ぎの合間にそんなことを言われて驚いた。密着した彼の体から、興奮していることが伝わってくる。

「さすがに、だめだよ……声が聞こえちゃう」

「ん……分かってる。……あ、でも逆にいいかもね。俺たちのこと、仲良くないと思われているみたいだし」

「怖いこと言わないで」

お互いの顔を見合わせて、ぷっと噴き出す。

「しないよ。家に帰ってから、たっぷり続きをしよう」

低くて甘い声に囁かれて、耳がゾクゾクする。涼介さんを欲しいと思う気持ちをもう隠さなくていい——それだけで、喜びが体中に弾けるみたいに嬉しい。

この人と夫婦になれてよかった。私たちはまだまだこれからだけど、きっといい夫婦になってみせる。

その日の夜は、私たちは身を寄せ合ってひとつの布団で眠ることにした。

――翌日。

今度はまたゆっくり来てほしいという両親に見送られ、東京に帰ってきた。私も涼介さんもスーツ姿で、これから出社するみたいな雰囲気なのがなんだかおかしい。

そのままふたりで、涼介さんの家に直行する。

「……ん、んん」

玄関に入るなり、お互いの荷物を放って情熱的なキスを始めた。飛行機に乗っている間も、タクシーに乗っている間も平静を装っていたけれど、この瞬間を待ち焦がれていた。

やっとふたりきりになって、歯止めがきかなくなってしまう。息をするのを忘れるほど熱烈なキスを繰り返していると、頭の奥が沸々と熱くなってきた。

涼介さんのキスが、最初の頃よりだんだんねちっこくなってきたような気がする。逃すまいと執拗に口腔を動き回り、舌と舌を絡め合って零れそうになる唾液を吸い上げられる。

エッチなキスをされていると体中の力が抜けて、立っていられなくなりそう。

「……あ、っ、ん……はぁ……」

キスをしながらコートを脱がされる。そしてスーツのジャケットも。ニットの中に手を入れられたと思ったら、その手はブラジャー越しに胸を大胆に揉み始める。大きな手が何度も揉みしだくたびに、服の中がモゾモゾと動いた。

「ベッドに行こうか」

「……でも」

「お風呂に入りたいって言うんだろ？　もちろん、却下」

昨夜うちの実家で入ったものの、今日はまだ入っていない。移動していただけだから、汗をかいているわけではないけど……綺麗にしてから抱き合いたいと思うのに承諾してもらえなかった。

「お風呂に入ったら、希美のここが綺麗になってしまうじゃないか」

「どういう……こと？　綺麗なほうが、いいんじゃ……？」

「せっかく濡れてるのに、洗ってしまうなんてもったいない」

「え……？」

玄関にあるシューズクローゼットの端に片脚を乗せられ、何をされるのか不安になって彼の顔を見る。彼が口角を上げて静かに笑うと、ボトムスのホックを外し、ファスナーを下ろした。

「ここが全然濡れていないなら、お風呂に入ってもいいけど……。濡れているなら、そのままにしておきたい。俺のことが欲しくてたまらなかった証拠だから洗い流したくない」

「あ……っ！　待っ――」

ショーツの中に彼の手が滑り込んでくる。浅い茂みを抜けて奥へと進むと、彼の指は割れ目を開く。ぬち、と淫猥な音が鳴って、そこが充分に濡れていることが知られてしまった。

「ずっとしたくて、こんなに濡らしていたのに、洗ってしまうつもりだったの？」

「や……ちが……っ、あぁ……」

「悪い子だな。こんなにびしゃびしゃなのに、なかったことにするなんて」

壁際に追いやられて、耳元でいじわるな言葉を囁かれる。ぬるぬるになってしまった秘部の表面をなぞられ、蜜音が激しく鳴るたびに、腰が揺れて泣きそうになった。

「どうしてこんなふうになったの？　教えて」

「え……あ……」

「いつからこんなふうに濡れるようになったんだ？　誰のせいで？」

涼介さんの指がゆっくりと動く。下から上へ進み、陰核を見つけると数回擦ってくる。それだけですぐに達してしまいそうで、必死に彼のスーツを握り締めた。

「あ……っ、ああ……」

「ほら、ちゃんと言って。どうしてこんなふうになったの？」

気持ちよかった場所を避けるように弄られる。言うまであの気持ちよさはお預けされるようだ。それが嫌で泣きそうになりながら彼の顔を見ると「ちゃんと言って」と急（せ）かされた。

「りょ……すけ、さんと……したかった……から」

「俺とセックスしたかったから、こんなふうになったんだ？」

「ん、んん……や、ぁ……焦（じ）らさないで」

周りばかり触れる指が焦（じ）れったくて、立っていられない。座り込んでしまいそうな体を涼介さんに預けると、力強く抱き寄せられる。

「そう、だよ……。涼介さんのせい……わ、たし……こんなんじゃ、なかったのに」

涼介さんと一線を越えてから、どんどん変わっていった。男の人のことなんて興味がなかったはずなのに、いつも涼介さんのことを考えるようになっていった。肌を合わせるたびに、女性であることを強く感じさせられたし、涼介さんが男性であることも実感させられた。

男の人の逞（たくま）しい体に抱き締められたら、胸が締め付けられるみたいにドキドキするとか、肌のぬくもりを感じると安心するとか。涼介さんと抱き合うまで知らなかった。

「希美が欲しかったから、そうするように仕向けたんだ。俺って狡（ずる）い男だろ？」

「え……」

「あんなに何回もしたのは、俺のことを欲しがるようになってほしかったから。希美を俺だけのものにしたかった」

そう、なの……？

私たちがセフレとして定期的に体を重ねていることに深い意味があるなんて、思ってもみなかった。「経験したことがないなら、俺で数回練習すればいい」と言われたことを鵜呑みにしていた。

「だから、俺のことを欲しがってくれているのが嬉しい。教え甲斐があったってことだ」

ショーツの中にいた彼の指が動き始める。待ち望んでいた場所を小刻みに揺さぶられ、腰が砕けそうになる。

「希美……好きだよ。希美は、俺だけのものだから」

「うん……。あ、ああっ、はぁ……」

「ベッドに行こう。もっと可愛がらせて」

感じて力が抜けているせいでうまく歩けそうにない私を、涼介さんがお姫様抱っこして歩き出した。

「や……っ、あの……重くない？」

「重くないよ。こうしたほうが早く行けるだろ」

そしてふわふわのベッドの上に乗せられる。ちゅ、ちゅっとリップ音をたてながら、上半身の服を全て剥ぎ取られてしまった。

「可愛い。希美の裸、よく見せて」

「……やだ。恥ずかしい……」

「隠さないで。希美は俺の妻なんだから。旦那に裸を見せるのは、当然だろ」

私の上に跨がって、涼介さんも服を脱ぐ。筋肉質の男らしい上半身が露になると、ついまじまじと見つめてしまった。

引き締まったお腹や太い腕を見るだけで、今までの夜を思い出して勝手に疼き始める。

「……ほら、希美だって見てる」

「そう……だけど。私のは、見ても何も楽しくないよ」

「そんなことない。白くて柔らかい肌とか……ことか。可愛いんだから」

涼介さんの大きな手が私の胸を掴む。可愛がるみたいに何度も揉んで、胸の先を指先で優しく摘まむと、ころころと転がしたり押したりして弄んだ。

恥ずかしくて目を閉じて顔を背けているのに、涼介さんは、ずっと私を見ている気がする。どんな反応をするのか試しているみたいで、視線をひしひしと感じた。

「や……ぁっ、あん……それ、やだぁ……」

「じゃあ、こっちのほうがいい？」

顔を見つめられながら胸の先を弄られるのが恥ずかしかっただけなのに、涼介さんは次は胸を舐め始めた。じっと見られてはいないだろうけど、舐められているのも恥ずかしい。もう何度もしているはずなのに、今日は特別に感じる。涼介さんが私のことを好きだと言ってくれたから、全身がいつもよりざわめいている。

少し触れられただけで快感でいっぱいになるし、ビクビクと体が震える。好きな人に触れられるって、こういうことなのかな……

「ああっ……！　あ、あぁ……、はぁ……んっ」

気づいたときには、ボトムスも脱がされてショーツだけの状態になっていた。

「涼介さん……待って。だめ、そこは……」

脚を摺り寄せて制止するのに、彼の手はショーツの端に指を引っかけて、そのまま下へずり下ろした。必死で隠そうと伸ばした手を掴まれてベッドに押し付けられる。

「隠しちゃだめだよ」

「でも……見られるの……恥ずかしい」

下着に違和感を覚えるくらいだったから、今そこは大変なことになっているに違いない。それなのに隠せないなんて、羞恥心でどうにかなりそう。

「希美がこんなに濡れるようになったのは、俺が教えたからだろ？　俺のせいなんだから、恥ずかしがることなんてない」

「でも……」

「俺がこうなってほしいと望んだんだから、いいんだ」

脚を広げられて、隠していた場所が露になる。滴るくらいに蜜が溢れている場所を見られてしまった。

「希美のここ……すごく綺麗だ」

「ああっ、あ、ん……！」

指で媚肉を広げられる。奥のほうまで全て見られて、隠すものが何もなくなってしまった。いつも彼を受け止めているところをじっくりと眺められたあと、彼の吐息がふうっとかかった。

「もっと俺に慣れて。見られることも、舐められることも、全部悦んでほしい」

「あん……っ、あ、ん、あぁ……っ」

涼介さんは、蕾を舐めながら太い指を挿入し始める。舌先で小刻みに揺さぶられるたびに、中にいる指を強く締めつけてしまう。

「あぁ……ッ、ア、あぁん……っ」

さっきまでの羞恥心はどこかへ行ってしまった。

涼介さんに触ってもらえて嬉しい。こんなふうに気持ちよくしてくれる涼介さんが好き。その想いが溢れていっぱい感じてしまう。

中に振動を起こすように内側を擦られて、すぐに昇り始める。まだ始まったばかりなのに、もう限界を感じている。涼介さんの傍にいたら、私……この極上の甘さに溺れてしまいそう。

私のとろとろに溶けている表情を見て、涼介さんは嬉しそうに微笑む。

「可愛いな。もっと甘やかしたくなる」

「あ、あぁ……っ、だめ……これ以上は……」

だめだと言っているのに、涼介さんには「もっとして」と伝わったらしい。涼介さんの舌は大胆に溢れる蜜を絡め取り、気持ちいい場所を刺激する。

「だめ……っ。待って、これ……あああっ」

指先が動くたびに淫猥な音が激しく鳴って、蕾を舐める舌は動きを速めて、追い詰めてくる。体を戦慄かせながら繰り返される極上の愛撫に溺れていく。

「希美……もっと気持ちよくなって。全部、俺のせいだから」

「ああっ、あん……っ、んん……イきそう……ああっ」

何もかも俺のせいにすればいい、と言われて、遠慮も忘れ激しく乱れる。こんなふうに我を忘れて気持ちよくなるのも、今まで味わったことのない快感に溺れるのも涼介さんだから。

涼介さんが、好き。

霞む頭の中で、そんなことを考えていた。

「もう……やりすぎ、だよ……」

「もうギブアップ？　ヨガをしている割に案外体力ないな」

「涼介さんが体力ありすぎなんだよ」

　ベッドの上で脱力していると、涼介さんは背後から抱き寄せていじわるなことを言ってくる。それに悔しくなった私は、ごろんと体を反転させて彼の胸に収まるような体勢に変えた。

「涼介さん、寝転んで」

「え……？」

　強引に体勢を入れ替わる。そして仰向けになった涼介さんに跨がって、首元に顔を埋めた。

「希美……？」

「こうやったら、気持ちいいんだよね……？」

　首元にキスをして、熱い肌に吸い付く。そして私にしてくれるみたいに、肌の上を指でなぞり、胸のあたりに触れる。筋肉のある胸板を撫でたときに、小さな尖りを掠めた。

「……っ、そうだな。気持ちいいよ」

「私も、涼介さんを気持ちよくしたい。どうしたらいいのか……教えて？」

　その間も胸の先を弄る。強くしたら痛いかもしれない、と優しい力で指の腹で撫でてみた。

「……っ、じゃあ……」

彼の手が伸びてきて私の頬を撫でた。そして太い指先が私の口に入ってくる。

「舐めてくれる？」

「うん……」

「ただ舐めるだけじゃなく、吸ったりかじったりして、美味しいものを食べているみたいにするんだ」

今この指でやってみろと言わんばかりに、舌に触れられる。私は彼の指を一生懸命舐めていった。練習として舐めているだけなのに、興奮で頭がぼうっとしてくる。

「上手だ。そんな感じでやってみて」

口腔から指を抜かれて、喪失感を味わう。今みたいにやってみようと、目の前にある彼の胸に顔を埋めた。

初めは慣れなくて、ぎこちない舐め方だったけど、やっていくうちにだんだん楽しくなってきた。気持ちいいと涼介さんが眉根を寄せて反応してくれる。教えてもらった通りに吸ってみると、彼の体がビクッと反応した。

それが嬉しくて、もっと色んなところを舐めたくなる。脇腹や腹筋を舐め、下のほうに進んでいったところで、涼介さんは慌てて体を起こした。

「まさか……そこまで舐めるつもり？」

「やってみてもいい？」

「希美は……嫌じゃないのか？」

全く嫌じゃない。涼介さんの体は全部好きだし、嫌なところなんてない。けど、それを言ってしまって淫乱な女だとがっかりされたら困るから、正直に話していいか躊躇う。

もしかして……積極的な女性は好みじゃなかった？　ああ、そうか、涼介さんは女性からグイグイ来られるのが苦手な人だった。だから、こういうのはだめだったのかも。

「私は嫌じゃないけど……。涼介さんが嫌だったら止める」

「いや、そうじゃない。嫌じゃないよ。むしろ……嬉しい」

「ほんと？」

「うん」

涼介さんは私に近づき、ちゅっと軽いキスをした。

「希美がしてくれるなら、すぐにイってしまいそうだなと思って」

「え……。そんな」

「我慢できるか自信ない」

そんな謙遜を、と思っていると、もう一度キスをされる。今度は長く深いキスだ。

「……ん、んん……」

「……じゃあ、舐めてくれる？」

「うん」

彼の下腹部をちゃんと見るのは初めて。何度も体を交わらせてきたけれど、これが私の中に入っていたのかと想像すると、体の奥が戦慄（わなな）いて何かが湧き出るような感覚がした。

枕を背中に当てて、上半身を起こしている涼介さんは、私をじっと見ている。早くしてくれとねだるような甘い眼差しで。

「……ん」

外見は雄々しくて恐ろしい感じに思えたけれど、ちゅっと口づけてみるとピクンと反応して可愛い。

何度もキスをして少し慣れたところで、舌を出して舐めてみる。全体をゆっくりと舐めていくうちに夢中になってきて、先っぽを口の中に収めてみた。

「……ん、ぅ……んんっ」

やっぱり大きい。

何とか半分くらいまで咥（くわ）え、歯を立てないように気をつけながらやってみたけど、きっと多分、上手にできてない。こほっとむせてしまって、口を離す。

「下手でごめんなさい」

「上手いとか下手とか関係ない。希美が俺のを舐めたいと思ってくれたことが嬉しい」

「うん」

「希美にされることなら、何でも嬉しいよ」

そう言ってくれるなら――と、もう一度やってみる。上手じゃないかもしれないけど、少しでも涼介さんに気持ちよくなってほしいという気持ちを込めて、丁寧に舐めていった。

「ん……」

さっきよりも深く口の中に入れて、吸い上げる。そのたびに涼介さんが私の頭を撫でてくれるから私も一緒に高まっていった。

口内に彼を感じていると、舐めている私の方が気持ちいい。頭がぽうっとして恍惚(こうこつ)としていると顎(あご)に手を添えられた。

「もう入れたい。希美の中に入りたい」

「……うん」

「今日はこのまま入れようか」

「へ……っ？」

涼介さんが下で、私が上？

嘘、嘘でしょ、そんなことできない……っ。

そう思っているうちに、涼介さんは私の体を持ち上げ、蜜口に屹立を宛がった。鈴口で入り口を擦ったあと、ズブズブと奥へと進んでいく。いつもなら避妊するのに、今日はしていない。味わったことのない感覚に震えながら、熱く滾る彼の形を覚えるように内側が収縮する。

「はぁ……ん、ああっ――」

いつもと全然違う。奥深くまで涼介さんを感じて、動かされるたびに体が弾けてしまいそう。それから下から熱い視線を感じるのが、すごく恥ずかしい。この体勢だと、私の体も繋がったところも全部見えているはず。

「や……だめっ、こんなの……全部見えちゃう……っ」

「希美、可愛いよ」

「ああっ、もう……からかわないで……」

「からかってない。本気でそう思ってる」

本気で思われても、ものすごく恥ずかしい。

下から突き上げられるたび、胸が揺れる。涼介さんがその揺れる胸の先を摘まんで優しく捏ね回す。

「あっ、ああ……っ」

下から突き上げたあとは、ぐりぐりと擦り合わせるみたいに腰を動かして気持ちいい場所を探ってくる。私の反応が大きいところを見つけると、そこばかり攻め出すのだ。女性上位のはずなのに完全に劣勢で、彼にされるがまま攻められ続けた。

「だめ……これ以上しちゃ……やだぁ……」

目の前がチカチカしてきて、快楽から逃れようと腰を引こうとしても、涼介さんの両手が腰を掴んでそれを許さない。

「逃がさないよ」

もう限界が近づいていることに気がついて、泣きそうになりながら涼介さんの体にしがみついた。

「ん、ああ……っ、もう、んん、……ッ!!」

熱い体にしがみつきながら、女性としての悦びを与えられて声が出ないほど感じてしまった。激しい交わりにしっとりと汗をかいた彼の肌が心地いい。

背筋を伸ばしていられず、倒れ込んで涼介さんに体を預ける。すると、涼介さんは髪を撫でながら「よしよし」と慰めてくれた。

「よく頑張ったね。すごくエッチだったよ」

「う……」

「可愛いよ、希美。たまらない」

私をベッドに寝かせ、涼介さんが熱い抱擁をしてくる。愛しい人の全てを受け止めたくて、切ないほどに疼いた場所を開くと、すぐに彼が入ってきた。

「……ああっ」

「……っ、希美の中、すごくいい」

「あぁ……っ、ああッ……。これ……、すごい……」

いつもより生々しい感覚に戦慄いて、深いところまで涼介さんがいる圧迫感に悦ぶ。何度もキスをされて、根元まで挿し込まれてぐりぐり押し込まれていると快感で眩暈が起きる。

「いっぱいしたから、俺のカタチになってる。すごく気持ちいい」

「あッ、あぁ……、ァ……っ」

私も、すごく気持ちいい。涼介さんに躾けられたこの体は、彼の行動ひとつひとつを快感に変えていく。それが嬉しくて、とても幸せだ。

ずぶぶ、と引き抜かれてから、ゆっくりと奥まで挿し込まれる。近くなったり離れたりを繰り返す間も、涼介さんはずっと私の手を握って安心させてくれた。

「痛くない……？」

「ぁ……っ、うん、大、丈夫……痛くないよ。気持ちいい」

「そう、よかった」

そう言って、ちゅっと軽いキスをされた。目を開いて彼の表情を確認すると、にっこりと微笑んでいる。……のだけど、その笑みに嫌な予感を覚えたところで、彼の顔が首筋に埋められた。

「じゃあ……いっぱい激しくしても問題ないな？」

「え……」

予感的中。ずん、と深いとこまで挿し込まれ、彼の鈴口が子宮口にキスをする。そして中をみっしりと埋めた太いものが内側を何度も擦り、激しい愉悦を生んだ。

「アァ、ぁ……っ、んん、ン、ぁ……！」

「その顔、すごく可愛い。希美のこと、もっとぐちゃぐちゃにしたい」

腰を打ち付けられるたび、全身に強い衝撃が走る。何も考えられなくなって、頭の中が真っ白で、涼介さん一色に染められる。

「希美、好きだよ。これからは容赦なく愛すから……覚悟して」

律動が激しくなる。ベッドのスプリングが激しく音をたてて、私たちの繋がった場所の蜜音も大きくなる。味わったことのない快感が迫ってきて、体を弓なりに反らせていると両胸を掴まれた。

「あぁ……っ！」

「たくさん感じてくれる奥さんがいて、俺は幸せ者だな」

私たちは、ちゃんとした夫婦になった。

だからもう形式上の妻じゃないし、セフレってわけでもない。想いを通わせたちゃんとした夫婦なのだから、お互い好きなことを隠さなくてもいい。

涼介さんが与えてくれる愛を心から信じて、それを受け止めていいんだ。

「りょ……すけ、さん……好き……ッ、あぁ……好き……！」

「俺も好き。希美が好きでたまらない」

涼介さんの熱い体温と弾む息を聞きながら、一緒に昇り始める。愛を囁き、キスを交わしながら無我夢中でお互いを求め合った。

「もう……限界かも。……はぁ、イキそう」

切なげな声で囁かれ、ゾクゾクと身震いする。余裕を失くした涼介さんは、いつも以上に色っぽく雄々しい。それに応えるように、私は彼の体に抱きついた。

「いいよ、イっても」

「このまま……出してもいい？」

それは、つまり……彼の全部を受け止めるってこと。

妊娠の可能性が頭を過るけれど、それでもいいとすぐに答えが出る。

涼介さんになら、何をされてもいい。たとえ妊娠しても構わない。むしろ、そうなってほしいくらい、目の前の人が愛おしくてたまらない。

「うん」

「いいの……？」

「いいよ。だってふたりの赤ちゃん作ろうって言ったじゃない」

本物の夫婦ごっこプレイのときに、盛り上がって言い合った言葉を伝える。あのときもプレイとはいえ、本当にそれでもいいと思って言っていた。だから構わない。

「じゃあ……出すよ」

「……うん」

ぎゅっと抱き合って、私たちは絶頂を目指す。涼介さんの肌の匂いに包まれて、幸せを感じながら高まっていく。涼介さんから漏れる甘い声も、じんわりと浮かんだ汗も、全部が好き。

涼介さんに攫（さら）われたい。全部捧げたい。

好き、大好き……愛してる。

そう心の奥で強く思った瞬間、最奥に挿（さ）し込まれ、彼の動きが止まる。中にいる彼がビクビクと震えたのと同時に、熱いものが注がれる。

その間もずっとキスをしていて、抱き締められていた。もう絶対に離さないと言われているみたいで、心も体も満たされたのだった。

エピローグ

それから私たちの生活はというと。

「希美さん、お疲れさまです」

「西野さん、お疲れさま。今、外回りからの帰り？」

廊下を歩いていると、後輩の西野さんと、健康管理部のメンバーが揃って歩いてきた。皆ジャケットを羽織っているところを見ると、社外に行っていたのだろう。

「そうなんです。ＧＡＧＡＤＯからの帰りです。今日も藤ヶ谷さんは素敵でした。いいですね、家に帰ったら藤ヶ谷さんがいるなんて……。目の保養になるじゃないですか」

「あはは、そうかな」

「そうですよ～。家ではどんな感じなんですか？」

そう聞かれても返答に困る。彼はプライベートなことを勝手に話されたくないかもしれない。

「普通だよ、普通。きっと西野さんの彼氏さんと変わらないって」

「そうですか？　絶対に違うと思うなぁ」

胸の前で腕を組んで、西野さんはあれこれ妄想を始める。それを微笑ましく見ながら、いつも通りに接してくれる西野さんに感謝する。

私を実家から連れ戻したあと、両親がグレハティに連絡して退職手続きを取ろうとしていたが、涼介さんがそれを保留にしておいてくれたおかげで復職することができた。

多大な迷惑をかけてしまったし、顔向けできないと思っていたのに、同僚は私を温かく迎えてくれた。それもこれも、涼介さんがちゃんと根回ししておいてくれたおかげだ。

とはいえ、この一件で会社から何がしかの信用を失ったかもしれない。それをすぐに取り返すのは難しい。でもひたむきに、真面目にやるしかない。

私はグレハティが好きだし、志半（こころざしなか）ばで退職などしたくない。自分の納得できるところまで、頑張り続けたい——そう思えるような会社に出会えて幸せだし、少しでも会社に必要とされているのなら応（こた）えたい。

たまに頑張りすぎてしまうこともあるし、行き詰まることもある。でも大丈夫。私には帰る場所があるから。

仕事を終えてマンションに戻ると、コンシェルジュカウンターのスタッフに迎えられる。

「おかえりなさいませ、藤ヶ谷さま」

「ただいま戻りました。お疲れさまです」

そう声をかけたあと、奥にあるエレベーターに乗り込もうとしたところで、ひとりの男性が駆け寄ってきた。

「俺も乗る」

「あ、涼介さん……！」

同じ時間に帰宅してくるなんて思っていなかったから驚いた。彼と一緒にエレベーターに乗って私たちの住むフロアに向かう。

「おかえりなさい」

「おかえり」

お互いに声をかけ、涼介さんが玄関の鍵を開けた。中に入り、リビングに到着すると、ふたりしてソファに座り込む。

「希美、おいで」

「うん」

今日一日の疲れを癒してもらうように、涼介さんに抱きついた。

私たちは今、一緒に住んでいる。私の住んでいたマンションは引き払い、涼介さんが住んでいたマンションに引っ越したのだ。

それでも、このマンションに住むのも、あとわずか。現在マイホームを建設中で、もうすぐ完成予定だ。

「涼介さんにこうしてもらうと、疲れが吹っ飛ぶ。はぁ……幸せ」

「可愛いこと言う奥さんだな」

よしよし、と頭を撫でられて、涼介さんに飼われている猫みたいな気持ちになる。こうやっていつも甘えさせてもらっているのだ。

「あ、そうだ。今日ね、西野さんから『藤ヶ谷さんは家でどんな感じなんですか?』って聞かれたの」

「俺のこと?」

「そう。涼介さんみたいな素敵な男性が、プライベートをどう過ごしているのか気になったみたい」

へぇ……と興味なさそうな返事がきたと思ったら、すぐに悪戯（いたずら）っぽい表情に変化する。

「……で、希美はちゃんと答えた?」

「へ?」

「家の中では、いつも妻のことを溺愛している旦那ですって」

「ああ……っ、ちょっと!」

ソファの上で体勢が入れ替わり、組み敷かれてしまった。逃げられない状況になり、いつものパターンに持っていかれると察する。

「ちょ、ちょっと……涼介さん」

「普段からは想像もできないほど、時間さえあれば希美のことを抱こうとしてくるから困ってるって」

「……ばか！」

あながち嘘じゃないから余計に言えない。

家では、ふたりの時間を大切にして、一緒に食事をしたり映画を見たり。家事は分担して、ゆっくりできる時間を確保するために効率よく動いてくれるのだ。

そういうところは涼介さんらしいけど、その余った時間で私はたっぷりと可愛がられているというわけ。

そしてこの体勢になっちゃったら、きっと最後まで逃がしてもらえない。

偽装結婚なのに体だけの関係を結んで、けれど今は一緒に住んで、愛し合って、一緒の時間を楽しんでいる。これが一般的に正しい、本来あるべき夫婦の姿なのかどうかは分からない。夫婦関係はいろいろな形があっていいし、ふたりがいいと思うものを作り上げていけばいいのだと思う。

でも私たちは、きっとこの形がベストだったのだろう。

だって、私……とても幸せだから。

書き下ろし番外編

藤ケ谷夫妻の二度目の年越し

十二月三十一日、涼介さんと結婚して二回目の大みそか。

去年は彼の実家で年越しを過ごしたけれど、今年は少し違う。義父と義母は結婚三十五周年のためふたりで海外旅行に出かけているので、実家に帰らずにふたりきりで過ごすことになった。

今年の大みそかは、雪が降るかもしれないと天気予報で言っていた。外は木枯らしが吹き寒そうなのに、家の中はすごく暖かい。

私たちはキッチンに立って、次々と料理を作っている。

「ねえ、希美。これはここでいい？」

「うん、大丈夫。ありがとう」

おせち料理を作っている私の傍で、盛り付けをしてくれている涼介さん。お重箱に料理を詰めるのに悪戦苦闘している。

「どう、いい感じ？　変じゃない？」

「うん、上手。いいね」

母に仕込まれたおせち料理を作り、両親のことを思い出す。昔は厳しく育てられたことを窮屈に感じていたし、家事を教え込まれているときも辛いと思うことがあった。

しかしこうして家庭を持って実践してみると、教えてもらえてよかったと思えることが多いのは確か。

いろいろと問題はあったものの、母に感謝しなければならないなとつくづく思う。

あの一件以来、両親は私たちの生活に口を挟むことはなくなり、私たちのしたいような生活を送ればいいと干渉しなくなった。

投げやりな感じではなく、ちゃんと理解しようとして歩み寄ってくれた結果なので、関係は良好になっている。

「うん、この黒豆美味しいー」

涼介さんはお皿に盛っていた黒豆をひとつ摘まみ、ぱくっと口に放り込んだ。

「あ、こら。摘まみ食いはダメだよ」

「いいでしょ、ひとつくらい。美味しそうだから我慢できなかった」

悪戯な表情を浮かべて笑う涼介さんに注意するものの、その可愛い仕草に何でも許してしまう。頬を膨らませて少し怒ってみせるけれど、全然怒れていない。

「ほら、希美も。あーん」

「あ……」

涼介さんに黒豆をひとつ差し出されて、私も口を開けて一口食べる。我ながら上手に味付けができていることに安心した。

「美味しいでしょ？」

「うん……美味しいね」

他人には見せられないような楽しいひととき。年末年始のこの連休は、私たちにとって大切な時間だ。

普段涼介さんは仕事で忙しいし、纏まった休みを取るためには仕事の調整がいる。しかし年末年始の一週間は、気兼ねなく一緒に過ごせる時間だから、この期間をずっと待ち遠しく思っていた。

大掃除はプロの家事代行サービスに頼もうかと提案されたけれど、せっかくのふたりの時間なのだから、今年は協力して自分たちで掃除することにした。

いつもは忙しくてできない細かいところの掃除や、不用品の整理などできて、すっきりとした気持ちで新年を迎えられそうだ。

あと数時間で新年を迎える。

年越し蕎麦を準備して、向かい合ってテーブルについた。

「いただきます」

涼介さんお勧めのお蕎麦屋さんからいただいた蕎麦を啜り、香り高い味わいに感動する。

「これ、すごく美味しい！」

「うん。ここの蕎麦屋さんは、年末だけは持ち帰りの蕎麦を販売しているみたいなんだ。引き渡しの時間も決められていて、美味しく食べられるように打ち立てを用意しているみたいだよ」

「そうだよね、お店で食べるみたいな味だもんね」

麺もつゆもお店のもので、トッピングだけ自分たちで用意した。年末だし豪華に大きな海老天とねぎを載せた蕎麦は絶品だ。

実家で振る舞ってもらうような豪華な食事もいいけれど、こうしてふたりで静かに今年一年の話をしながら蕎麦を食べるのも楽しい。

食事が終わったあとは、ふたりでソファに座ってテレビを見て、しばらくしてから一緒にお風呂に入ってルームウェアに着替えた。今年の冬は冷えるからと、涼介さんが買ってきてくれたもこもこの素材の服に包まれて暖かい。

テレビではもうすぐカウントダウンが始まろうとしていて、ソファで会話をしながらそれを見ていた。

「去年の今頃は、俺の家にいたんだよな」

「そうだね」

「あれ、どうしたの？　ちょっと赤くなってる？」

去年のことを思い出して、急に恥ずかしくなる。去年のこの時間は涼介さんの実家のベッドで熱く抱き合っていた。まだ仮の夫婦だったにもかかわらず、情熱的に愛し合っていて、繋（つな）がったまま除夜の鐘を聞いたのだ。

その様子が頭の中に蘇（よみがえ）ってきて、急に恥ずかしくなってきた。

「だって……」

「だってって？」

分かっていて質問してくる涼介さんが憎らしい。彼の実家だということを忘れるくらい、何度も抱き合ったし、それを思い出すと恥ずかしくて顔が熱くなる。

思い出して照れない方がおかしいよ！

「もう、涼介さんのいじわる」

「ごめん、ごめん。からかって」

涼介さんも同じことを思い出しているようで、私の体をぐっと引き寄せた。大きな体に包み込まれて、幸せ感が増す。暖かい部屋の中で彼のぬくもりを感じて、平和なこの時間を愛おしく思う。

「希美、好きだよ」

「私も……」

お互いの顔を見つめ合って、そっと目を閉じる。すると彼の柔らかい唇が私の唇に触れ、甘いキスが始まった。

涼介さん、好き。

何度も口づけを繰り返し、少し離して相手の顔を見つめる。目の前にいる愛おしい人を見ていると、もう一度キスが始まって……少しずつ濃厚になっていく。

「ああ、このましたら、去年と同じことになりそうだから止めないと」

「そうだね」

自制をきかそうと離れる涼介さんが可愛くて、今度は私から少しいじわるをしかける。

「ん！」

もう止めようとしている彼に向かって、目を閉じてもっとして欲しいとおねだりしてみる。すると少し間があったあと、ぎゅっと抱き締めながらキスが再び始まった。

「希美……」

甘く囁き（ささや）ながら口づけられて、私もだんだん体が熱くなってくる。私のことをすごく欲しいと思ってくれているのが伝わってきて、これ以上進んではいけないとお互いに察して体を離す。

漏らす。
この先に進めないように気を使っているのに、挑発する私に涼介さんは熱いため息を

「もう……」

「ふふ、ごめんね」

したいのにできない、お預け状態の涼介さんにもう一度だけ軽くキスをして話を続けた。

「来年もいい年になるといいな」

「きっといい年になるよ。だって、家族が増えるんだから」

間違いなくいい年になると確信している涼介さんは、嬉しそうに微笑んで私を見つめた。

そう、私のお腹の中には新しい命がいる。

いろんな出来事があって本物の夫婦になろうと決めてから数ヵ月経ち、私たち夫婦のもとに赤ちゃんがやってきた。

だから、今はこの先には進めない。安定期に入るまでは夫婦生活をしてはいけないと聞いているので、最後までは致せない。だから、ここまで。

ふたりの赤ちゃんが欲しいと思っていたのはもちろんなのだが、妊娠が発覚したときは、現実なのかどうか信じられなかった。しかし、病院でエコー写真をもらったり、つ

わりが始まったりして、だんだん実感が湧いてきた。

「どんな子だろうね。男の子かな、女の子かな？」

「どっちだろうな？」

男の子だったら、涼介さんは全力で一緒に遊ぶんだろうな。女の子だったら溺愛しそう。デレデレのパパになるところを想像したら、微笑ましくてくすっと笑ってしまった。

「俺と希美の子だから、絶対に可愛い。これは自信がある」

「ふふ、もう親バカ発揮してるね」

「当然。今から愛おしくて仕方ないよ」

涼介さんは私のお腹にそっと手をあてて、そこにいるまだ小さい我が子に話しかける。

「パパもママも、会えるのを楽しみにしているからね」

その優しい声に私もほっとする。妊娠してから、少し情緒が不安定になっていて嬉しい気持ちと不安な気持ちがあったけれど、彼のいつにない喜び方と、我が子を愛する自信の大きさに救われた。

「それより、希美。寒くない？」

「うん、大丈夫だよ」

まだ妊娠初期で安定していない私の体を気遣い、過保護なほどたくさん心配するところも好きだ。冷えないように配慮しつつ、家のことも率先してやってくれる。

今までは仕事が忙しくて帰りが遅かったのに、今ではなるべく早く帰ってくるようになった。

「来年は俺も育休を取るつもりだから、一緒に育児をする」

「いいの？　仕事は大丈夫なの？」

「もちろん。俺もちゃんと育児に参加したい。俺は自分の会社だから、調整ができるし。それに、うちの会社は男性も育休が取れるようになっているんだ」

ＧＡＧＡＤＯでは女性も男性もしっかりと育休が取れるようになっているらしい。なので、社長である涼介さんは率先して取得するのだという。

「ありがとう、頼りにしてる」

「うん。あ、そうだ。両親にはいつ話そうか。うちの母さん、飛び上がって喜ぶだろうな」

明るくて優しい義母を思い浮かべると、心の底から喜んでくれることが想像できる。私が嫁いだときも、娘ができたと大喜びしてくれた人だ。孫ができると聞いたら、感動で泣いてしまうのではないだろうか。

「喜んでくれそうだね。もう少ししたら、報告しようか」

「うん。あと、希美の両親にも」

「うん……」

うちの両親はどうなのだろう。

結婚に対していろいろと口を出してくるような人たちだったから、もしかしたら育児に対しても何か言ってくるかもしれないと不安が募る。一瞬の曇った表情を読み取ったのか、涼介さんは私の手を握って微笑みかけてきた。

「心配しなくて大丈夫。こんなに素晴らしい女性を育てたご両親だよ。きっといいアドバイスをくれるだろうし、育児に協力してくれる」

「涼介さん……」

「希美がいいなら、出産してからしばらく希美の実家に一緒に帰ってもいいし。お義父さんやお義母さんにゆっくり子どもを見てもらうのもいいかもしれない」

あんなことがあったのに、私の両親を嫌うことなく、むしろ歩み寄ろうとしてくれる懐の深さに驚く。私自身が戸惑い悩んでいるところに助け船を出してくれる優しさに感動してしまう。

「ありがとう、そう言ってくれて」

「でも帰るときは一緒だからね」

「うん」

私は、結婚して最強の味方を見つけたみたい。これから先も彼といるのなら、絶対に大丈夫だと信頼できる人だ。この人との子どもが生まれることをすごく嬉しく誇りに思う。

「あ、もうすぐ0時になるよ」

あと数分で年が明ける。5、4、3、2、1……と数えて、秒針が一番上に来るのを心待ちにして数えた。

「あけましておめでとう。今年もよろしくね。涼介パパ」

「こちらこそ、希美がママになっても、ずっと変わらず大好きだよ。むしろもっと好きになるかも」

「ふふ……。ありがとう」

あなたと家族になれて、すごく幸せだよ。毎日愛情に溢れていて、大切に思われていることが伝わってくる。私を心から必要としてくれていることが嬉しいし幸せだ。

涼介さん、大好き。来年も再来年も、ずっと一緒にいようね。

新しい未来を楽しみにしながら、私たちは笑顔で新年を迎えた。

恋愛小説「エタニティブックス」の人気作を漫画化!
漫画 小牧夏子
原作 藍川せりか
EC
Eternity COMICS
夫婦で不埒な関係はじめました
すごい…今日はすんなり入った…
だ…め
こんなとこで…
涼介さ…あ
気ままな一人暮らしを謳歌する平凡な会社員の希美だが、実は半年前から契約結婚をしている。夫は、取引先のイケメン社長の涼介。お互い、親のプレッシャーから逃れるべく籍を入れ、別々に暮らす契約を結んだのだ。そんなある日、ひょんなことから涼介と一夜を共にすることに…！　それ以来、この不埒な関係を悩む希美だが涼介は本物の夫婦のように希美を大切にしてくれて…!?
B6判　定価：704円（10%税込）　ISBN 978-4-434-29976-6
夫婦で不埒な関係はじめました
極甘&焦れキュンな
偽装結婚

過去の恋愛のせいで、イケメンが苦手な琴美(ことみ)。ある夜、お酒に酔った彼女は社内一のモテ上司・青山(あおやま)と一夜を共にしてしまう！　彼が転勤するのを幸いとなかったことにしたつもりだったが……なんと二年後に再会！　強引さがパワーアップした彼に仕事でもプライベートでも迫られるようになって――!?

B6判　定価：704円（10%税込）　ISBN 978-4-434-25445-1

本書は、2020年4月当社より単行本として刊行されたものに、書き下ろしを加えて文庫化したものです。


この作品に対する皆様のご意見・ご感想をお待ちしております。

おハガキ・お手紙は以下の宛先にお送りください。

【宛先】

〒150-6008 東京都渋谷区恵比寿4-20-3 恵比寿ｶﾞｰﾃﾞﾝﾌﾟﾚｲｽﾀﾜｰ 8F
（株）アルファポリス　書籍感想係

メールフォームでのご意見・ご感想は右のＱＲコードから、
あるいは以下のワードで検索をかけてください。

ご感想はこちらから

エタニティ文庫

夫婦で不埒な関係はじめました

藍川せりか

2022年3月15日初版発行

文庫編集－熊澤菜々子
編集長－倉持真理
発行者－梶本雄介
発行所－株式会社アルファポリス
〒150-6008 東京都渋谷区恵比寿4-20-3 恵比寿ｶﾞｰﾃﾞﾝﾌﾟﾚｲｽﾀﾜｰ8F
TEL 03-6277-1601（営業） 03-6277-1602（編集）
URL https://www.alphapolis.co.jp/
発売元－株式会社星雲社（共同出版社・流通責任出版社）
〒112-0005 東京都文京区水道1-3-30
TEL 03-3868-3275
装丁イラスト－篁ふみ
装丁デザイン－ansyyqdesign
印刷－中央精版印刷株式会社

価格はカバーに表示されてあります。

落丁乱丁の場合はアルファポリスまでご連絡ください。

送料は小社負担でお取り替えします。


ISBN978-4-434-30055-4 C0193